KB078281

박선우 장편소설

FUSION FANTASTIC STORY

기적의
환생

MIRACLE LIFE

기적의 환생 5

박선우 장편소설

초판 1쇄 찍은 날 § 2018년 9월 20일
초판 1쇄 펴낸 날 § 2018년 9월 27일

지은이 § 박선우
펴낸이 § 서경석

총괄팀장 § 최하나
편집책임 § 신보라

펴낸곳 § 도서출판 청어람
등록번호 § 제387-1999-000006호
등록일자 § 1999. 5. 31
어람번호 § 제1-2959호

주소 § 경기도 부천시 부일로 483번길 40 서경B/D 3F (우) 14640
전화 § 032-656-4452 팩스 § 032-656-4453
http://www.chungeoram.com
E-mail § chungeorambook@daum.net

ISBN 979-11-04-91837-7 04810
ISBN 979-11-04-91763-9 (세트)

박선우 장편소설

FUSION FANTASTIC STORY

기적의 환생

MIRACLE LIFE

5

도서출판 청어람

기적의 환생

MIRACLE LIFE

CONTENTS

제24장
블랙 먼데이II

델 컴퓨터에 대한 투자 경험이 있었기에 시스코 시스템에 대한 투자 협약은 빠르게 진행되었다.

이미 한 번 경험을 했던 서지영의 적극적인 주도하에 황인혜와 클로이가 가세하여 업무를 분담했는데 사인을 하기까지 걸린 시간은 보름밖에 걸리지 않았다.

불과 1년 반밖에 되지 않았음에도 마이더스 CKC를 이끌어나가는 서지영의 능력은 눈부실 정도로 발전하고 있었다.

가장 커다란 문제라고 여겨졌던 전문 경영인을 구한 것도 그녀의 작품이다.

그녀는 은사인 펜실베이니아의 빈 스카터 교수에게 5번이나 찾아가 능력 있는 경영자를 소개받았는데 펜실베이니아 와튼스쿨 출신인 키애런 파크란 사람이었다.

그는 시카고 출신으로 와튼스쿨을 졸업한 후 IBM에서 10년 동안 근무하다가 최근 회사를 그만두고 쉬는 중이었다.

최강철이 그를 전문 경영자로 두말없이 받아들인 건 회사를 그만둔 이유가 마음에 들었기 때문이다.

컴퓨터 판매망의 구축과 관련하여 자신이 만들어낸 효율적 제안이 거부당한 후 오히려 비효율적인 영업 전략을 부서장이 강요하자 가차 없이 사표를 던졌다는 것이다. 하지만 결정적인 선택 이유는 또 한 가지가 있었다. 시스코 시스템의 참혹한 현재 상태를 여과 없이 들려주면서 이전 IBM에서 받았던 연봉의 70%를 제시했을 때 그가 웃으면서 단 한 가지만 말했다.

"연봉은 상관없습니다. 어려운 회사를 이끌면서 처음부터 고액의 연봉을 받을 생각을 하지 않았으니까요. 나는 오너인 당신이 어떤 생각을 가지고 있는지가 중요할 뿐입니다. 전문 경영인으로서 나를 선택한다면 앞으로 시스코의 경영에 어떤 간섭도 하지 말아주시오. 내가 원하는 건 그것뿐입니다. 만약 당신이 그것을 받아들이지 못하겠다면 나는 미련 없이 일어나겠습니다."

멋있다. 그리고 강단이 있고 눈이 맑다.

한마디, 한마디에 자신의 신념이 담겨 있으니 이런 사람은 자신의 이익을 위해 회사를 망치지 않는다는 걸 경험으로 안다.

그랬기에 최강철은 그의 손을 굳게 잡으며 이렇게 말했다.

"파크 씨, 그건 내가 오히려 부탁하고 싶었던 이야기입니다. 나는 모든 일을 당신이 결정하고 끌어나가기를 바라고 있습니다. 우리가 간섭하는 것은 재무제표와 추가 투자에 관한 것뿐일 겁니다. 그러니 파크 씨, 시스코를 마음껏 당신의 제국으로 만들어보세요. 제가 뒤에서 도와드리죠."

돈은 사람을 이용해서 버는 것이지 자신이 발로 뛰면서 버는 것이 아니다.

워렌 버핏은 자신의 자서전에서 이런 말을 했다.

"부자가 되기 위해서는 자신이 잠들었을 때 돈이 들어와야 합니다."

비슷한 말이다.

그리고 최강철은 그 원칙을 충실히 지킬 생각이었다.

서지영과 마이더스 CKC의 직원들이 정신없이 일에 빠져 있을 때 그는 마지막 서류만을 검토했을 뿐 아무런 간섭도 하지 않았다.

오히려 서지영이 불안해했을 정도로 모든 것을 맡겨놨기 때문에 시간이 지나자 그녀뿐만 아니라 직원들도 당연한 것이라 생각하기 시작했다.

직원을 채용하는 것도, 마이더스 CKC를 운영하기 위해 예산을 쓰는 것도 모두 대표이사인 서지영의 권한이다.

그리고 자신은 그들로부터 얻어지는 자산 증식 결과만 얻어내면 될 뿐이다.

물론 결정적인 투자에 관한 것은 그의 지시가 있을 때 이루어지겠지만 주식과 투자 기업에 대한 관리 권한은 대부분 서지영에게 맡겨놓은 상태였다.

시스코에 대한 투자 협약을 끝내고 그녀가 돌아왔을 때 최강철은 직접 공항으로 마중을 나갔다.

서지영은 클로이, 전문 경영인으로 선임된 키애런 파크와 함께 샌프란시스코로 날아가 투자 협약을 마무리하고 돌아왔는데 공항으로 마중 나온 최강철을 보자마자 클로이가 뒤에 있었음에도 빠르게 달려와 품에 안겼다.

"잘했어?"

"응."

"힘들었겠다."

"아니, 너무 재밌어. 난 이런 일이 체질에 맞나 봐."

"수고했으니까 뽀뽀해 줄까?"

"호호… 클로이가 화낼 거야. 쟤 질투심이 장난 아니거든."

서지영이 웃으면서 뒤를 바라보자 이미 클로이는 최강철의 품에 안겨 있는 그녀를 향해 도끼눈을 뜨고 있는 중이었다.

"도대체 우리 애인은 뭐 하고 있는 거야. 누구는 공항까지 마중 나와서 눈꼴시게 만들고 있는데 말이야. 아휴, 이쯤에서 그만 잘라 버릴까?"

"클로이, 고생했어. 가자. 맛있는 거 사줄게."

"비싼 거 사줘. 비행기를 오래 탔더니 허리가 다 욱신거려. 요새 나 살 빠진 것 좀 봐. 매일 야근했더니 계속 살이 빠져. 강철 씨, 우리 너무 부려먹는 거 아니야?"

"그거 내가 부려먹는 거 아니다. 사장님은 지영 씨라고. 불만은 지영 씨한테 터뜨리세요."

"쟤는 눈 하나 깜빡이지 않아. 그리고 난 강철 씨 괴롭히는 게 더 좋아. 그래야 지금처럼 저녁이라도 얻어먹지."

"하하하… 그러고 보면 클로이는 정말 머리가 좋아. 가자, 배고플 텐데."

최강철은 새로 산 벤츠에 그녀들을 태우고 다운타운으로 들어와 고급 식당을 찾았다.

사람은 상황에 맞게 살아야 된다.

과거의 가난함을 결코 잊지 않겠지만 새로운 인생만큼은 화려함 속에서 빛나는 삶을 살아갈 생각이었다.

서지영에게서 뜻밖의 이야기를 듣게 된 것은 식사가 거의 끝나갈 때였다.

그녀는 식사하면서 줄곧 투자에 관한 이야기와 전문 경영인으로 선임된 키애런 파크의 처우에 대해 이야기했는데 마지막 순간 시스코의 급격한 매출 신장에 대해 이야기를 꺼냈다.

"강철 씨, 우리가 투자를 검토하는 동안 시스코의 매출이 급증하기 시작했어. 의회가 상업적 인터넷 사업을 허용했다는데 그것 때문인지 주문이 엄청나게 몰려든대. 벌써 이번 달 주문액만 40만 달러를 넘었다고 들었어. 아무래도 강철 씨 말대로 대박이 터질 건가 봐."

"이건 시작에 불과해. 시스코는 매력적인 회사라고 여러 번 말했잖아."

"도대체 강철 씨는 복싱 하면서 이런 건 언제 배웠어? 나는 이번 투자를 검토하지 않았다면 컴퓨터를 연결하는 통신 방법이 있다는 것조차 몰랐을 거야. 정말 대단해."

"혹시 강철 씨 외계에서 온 거 아냐? 외계인 맞지?"

"푸하하… 그럴 리가. 외계인 피는 파랗다며. 그런데 내 피는 빨갛거든. 그러니까 외계인은 아니야."

"이궁, 그걸 농담이라고 해. 아우, 추워."

중간에서 끼어들었던 클로이가 최강철의 대답을 듣고 자신의 어깨를 마구 쓰다듬었다.

다른 건 다 좋은데 최강철의 조크는 거의 낙제 수준이었다.

서지영이 입을 연 것은 두 사람의 낄낄거리며 웃고 있을 때였다.

"강철 씨, 이번 시스코 투자를 관리하려면 사람들이 더 필요할 것 같아서 직원을 3명 더 뽑았어. 그리고 우리 회사에 수잔도 올 거야."

"수잔이?"

"나와 클로이가 같이 있으니까 배가 아팠나 봐. 그래서 같이 일하고 싶대. 아마 다음 주부터는 이쪽으로 출근할 것 같아."

"잘됐구나. 그렇지 않아도 부동산 쪽을 맡아줄 사람이 필요했는데. 수잔이 오면 그쪽을 집중적으로 공부시켜. 곧 부동산 시대가 올 테니까."

"부동산?"

"그래, 나는 호텔을 비롯해서 빌딩하고 땅에 대한 투자도 할 생각이야."

"휴우, 정말 무슨 말을 해야 될지 모르겠네. 그럼 주식 판 돈으로 부동산에 투자하는 거야?"

"아니, 그건 나중에… 주식 매도는 어떻게 되고 있어?"

"지금 25% 정도 매도했어. 계속해서 매도 타이밍을 잡고 있는 중이야. 강철 씨가 말한 대로 두 달 이내에는 완료할 거니까 걱정하지 마."

"역시 지영 씨야. 일 하나는 확실하다니까."

"히힛… 강철 씨가 칭찬해 주니까 기분 좋네."

최강철이 손을 내밀어 머리를 쓰다듬자 서지영이 웃으면서
강아지처럼 애교를 부렸다.

그 모습을 본 클로이가 두 눈을 부릅떴으나 최강철은 그녀
를 무시하고 계속 서지영의 머리를 쓰다듬으며 말을 이어나갔
다.

"지영 씨, 한 가지 더 해줄 게 있어."

"뭔데?"

"빠른 시간 내에 사카고 선물 시장에 계좌를 열어놔. 8월
전에 반드시 해야 해. 알았지?"

"그건 또 왜?"

"나중에 때가 되면 말해줄게."

＊　　　　＊　　　　＊

돈 킹이 톰슨과 함께 직접 레드불스로 날아온 건 시스코와
의 투자 협약이 모두 끝나고 일주일 정도 지난 6월의 첫째 주
수요일이었다.

그가 찾아오겠다는 전화를 해왔을 때 최강철은 의아함을

숨기지 않았다.

레너드가 은퇴하면서 WBA와 WBC가 랭킹 1, 2위 간의 챔피언 결정전을 7월 말과 8월 중순으로 결정해 놨기 때문에 당분간 타이틀에 도전할 기회가 없었기 때문이다.

뭘까?

돈 킹은 돈이 되지 않은 곳에는 나타나지 않는 사람이었고, 한번 움직이면 천문학적인 돈을 몰고 다니는 사람이었다.

"반갑네, 강철."

"돈 킹 씨, 오랜만입니다."

말에 뼈가 있다. 돈 킹은 그가 북미 챔피언에 오를 때만 모습을 드러냈고 지금까지 본 적이 없었기에 최강철은 웃으면서 입꼬리를 살짝 끌어 올렸다.

눈치 빠른 돈 킹이 그걸 모를 리 없었을 것이다.

하지만 돈 킹은 전혀 불쾌함을 표정에 드러내지 않았다.

"내가 여기 온 것은 자네의 세계 타이틀전이 결정되었다는 것을 알려주기 위함이네."

"타이틀전이라고요? 그게 무슨 말입니까. 내가 알기로는 양대 기구 모두 챔피언 결정전 날짜까지 정해진 걸로 아는데요. 혹시 누가 부상당해서 대타로 나가는 겁니까?"

"아닐세. 자네의 시합은 거기가 아니라 IBF야."

"뭐라고요!"

돈 킹의 말에 최강철이 눈꼬리를 바짝 치켜올렸다.

혹시나 하는 기대를 가졌는데 돈 킹이 말도 안 되는 소리를 했기 때문이다.

IBF는 신생 기구로 북미 복싱 협회보다 못할 만큼 형편없는 수준을 가지고 있었다.

지금 장난하자는 것인가.

복싱 팬들이 인정하지 않는 신생 기구의 타이틀전에 자신을 내보내려는 그의 의도가 마음에 들지 않았다.

돈벌레. 돈 킹은 자신을 이용해서 어떻게 하든 돈을 벌려는 수작질을 하고 있는 게 분명했다.

"내 말에 화가 났나?"

"어이가 없어서 그렇습니다. 당신 눈에는 내가 그렇게 하찮게 보입니까?"

"IBF 타이틀전에 나가라는 게 자네를 하찮게 만드는 건가?"

"그럼 뭐죠?"

"이봐, 허리케인. 자네는 자네를 너무 모르는구만. 레너드가 위대했던 건 복싱 팬들의 가슴에 존경심을 심어주었기 때문이지 그가 WBA, WBC 통합 챔피언이기 때문이 아니었어. 지금 당장에라도 그가 글러브를 끼면 전 세계의 복싱 팬들이 환호를 보낸다네. 내 말 무슨 뜻인지 모르겠나."

"음……."

"솔직히 말하지. 자네가 시합을 하면 나는 돈을 번다네. 하지만 그것과 상관없이 자네는 이제 큰물로 나가서 싸워야 해. 자네의 인기는 거의 판타스틱4에 육박할 정도로 커졌어. 그런 사람이 뭐가 두려워 시합을 가려서 한단 말인가."

돈 킹의 웃고 있던 얼굴은 어느샌가 굳어져 있었다.

언제나 웃음기를 머금고 있었던 그의 얼굴에서 웃음이 사라지자 한 마리 표범이 자리 잡고 있었다.

맞는 말이다. 감언이설이라고 치부할 수도 있지만 충분히 설득력이 있었기에 최강철의 얼굴에서 쓴웃음이 떠올랐다.

"나는 2주 전에 IBF 회장 로버트 리를 만나서 프레디 아두와의 타이틀전을 상의했어. 그자는 절대 허락하지 못하겠다고 그러더구만. 자네가 아두를 꺾고 WBA나 WBC로 가버리면 자기네는 치명적인 타격을 입게 된다고 말하면서 완강하게 반대를 했어. 내가 그걸 설득했네. 자네가 IBF 챔피언이 되면 곧장 통합 타이틀전을 추진하겠다고 말일세."

"얼마 만에?"

"타이틀전 포함 3경기일세. 방어전을 한 번 치르고 나서 바로."

"할 수 있겠습니까? 돈 킹 씨는 그들과 사이가 나빠졌다면서요. 어쩌면 내 랭킹을 박탈할 수도 있을 텐데요?"

"다시 한번 말하지. 허리케인, 자네는 이제 하찮은 미풍이 아니라 한번 일어서면 뉴욕 정도는 단박에 날려 버릴 정도로 거대한 바람이라네. 나를 믿어. 만약에 통합 타이틀전이 성사되지 않아도 자네는 자네의 길을 가면 돼. 전설은 스스로 개척하는 것이지 남이 만들어주는 게 아니야!"

"마음에 드는 말이군요."

"고, 아니면 스톱?"

"합시다. 회장님은 믿지 않지만 말이 너무 멋있어서 말이죠. 이제 보니 회장님은 정치를 하셔도 되겠습니다."

"푸하하하… 역시 허리케인이야… 푸하하하……."

"언젭니까, 프레디 아두를 만나는 게?"

"8월 세 번째 토요일!"

통쾌하게 웃던 돈 킹이 최강철의 질문에 웃음을 그치며 눈빛을 빛냈다.

그의 목소리는 똑 부러져서 나왔는데 강한 의지가 담겨 있었다.

"왜 하필… 그날은 WBA 챔피언 결정전이 벌어지는 날 아닙니까?"

"그래서 그날로 잡은 거야. 누가 진짜 챔피언인지 세계의 복싱 팬들에게 알려주고 싶어서. 어때, 허리케인. 내가 날을 잘못 잡은 건가?"

"그런 이유라면 괜찮군요. 나도 그런 거 꽤 좋아하는 편입니다."

돈 킹이 떠난 자리에 남은 것은 긴장감이다.

레드불스의 관장인 피터는 물론이고 훈련을 하고 있던 선수들은 금방 최강철의 타이틀 도전 소식을 들은 후 흥분에 젖어 전부 몰려들었다.

그들의 반응을 보면서 최강철과 윤성호, 이성일은 황당한 표정을 숨기지 못했다.

어이없게도 돈 킹의 이야기가 틀리지 않았다는 걸 그들이 직접 보여주고 있었기 때문이다.

그들은 IBF 타이틀전에 도전한다는 것에 대한 실망 대신 엄청난 기대감을 나타내고 있었는데, 몇몇 선수는 최강철이 시합을 갖는다는 것 자체만으로도 두 눈을 빛내며 벌써부터 날짜를 헤아리고 있었다.

윤성호가 불쑥 입을 연 것은 최강철, 이성일과 함께 집으로 향해 돌아갈 때였다.

"강철아, 기분이 어떠냐?"

"어떤 기분요?"

"타이틀전에 도전하는 기분 말이야. 너무 갑작스러운 일이라서 나는 아직도 어리벙벙해."

"사람들은 IBF를 쳐주지도 않습니다."

"그건 상관없어. 난 돈 킹의 말을 믿지 않았는데 아까 레드

불스에서 선수들의 반응을 보니까 알겠더라. 넌 허리케인이야. WBA면 어떻고 IBF면 어떻겠냐. 관중들이 네 경기를 기다린다는 것이 중요한 거지. 그리고 보면 돈 킹, 대단한 사람이야. 난 그가 돈벌레라고만 생각했는데 확실히 뭔가 달라. 세계 최고의 프로모터가 그냥 된 게 아니라는 걸 보여주더만."

"나도 한 수 배웠습니다. 성공한 사람들의 처세술은 확실히 다르더군요."

"성일아, IBF 챔피언 프레디 아두에 대한 자료 가지고 있냐?"

"있습니다. 그놈 꽤 강한 놈입니다. IBF 챔피언들 중에서 독보적이에요."

"그럼 그 자료 이따가 좀 보자."

"기본적인 것밖에 없어요. 이제 시합이 결정되었으니까 샅샅이 훑어봐야죠."

"제프 카터 부를 거냐?"

"부를 겁니다. 그 사람, 아는 게 많아요. 감도 좋고요. 배울 게 많은 사람입니다."

"좋아, 그럼 너는 최대한 빨리 그놈에 대한 걸 뽑아봐. 이제 두 달 반밖에 남지 않았어. 나는 훈련 스케줄 준비할 테니까 강철이는 내일부터 훈련 시작 할 준비해."

"그러죠."

"이제 시합 끝날 때까지 뉴욕 나가지 마. 알았어?"

"알았다고요."

"이 자식아, 네 본업은 권투 선수고 지금은 가장 중요한 때야. 엉뚱한 곳에 가서 힘 빼다가 걸리면 정말 죽여 버릴 거야."

"나만요?"

"그럼?"

"우리는 한 팀 아닙니까. 관장님도 다른 곳에 가서 힘 빼지 마세요. 그럼 나도 그렇게 할게요."

"이 자식아, 내가 코치지 선수냐? 왜 네가 나 힘 빼는 걸 신경 써!"

"왜긴 왜겠어요. 배 아파서 그렇죠."

"아이고, 이런 물귀신 같은 놈을 봤나. 알았다, 알았어… 나도 절대 힘 안 뺀다. 그러니까 넌 시합 때까지 절대 딴짓하지 마!"

돈 킹의 수완은 역시 다르다.

그는 최강철과 프레디 아두가 시합에 오케이 사인을 내자 본격적으로 홍보를 때리기 시작했는데 언론을 전부 동원하기 시작했다.

WBA 타이틀전과 동시에 벌어지는 시합.

더군다나 시간대도 비슷했기에 최강철의 타이틀 도전 소식을 들은 사람들의 반응은 각양각색으로 나타났다.

그중 가장 큰 반응은 왜 최강철이 3류 기구인 IBF 타이틀에 도전하냐는 것이었다.

허리케인은 폭풍이다.

그가 북미 타이틀전 방어전을 치를 때마다 구름 같은 관중들이 몰렸고 ABC, NBC, CBS에서 번갈아 가며 생방송을 할 정도로 뜨거운 인기를 끌었으니 사람들이 의문을 가지는 것은 당연했다.

하지만 그런 의문은 시간이 지나면서 금방 사그라졌고 대신 뜨거운 관심이 빈자리를 채우기 시작했다.

동시간대에 벌어지는 WBA 챔피언 결정전보다 IBF 타이틀전에 출전하는 두 선수의 인기가 훨씬 더 대단했기 때문이다.

WBA 챔피언 결정전은 아마추어에서 화려한 성적을 거두고 프로에 데뷔해서 승승장구를 펼치며 걸출한 테크닉을 선보인 마크 브릴랜드와 남아공의 들소 헤롤드 볼보레히트의 싸움이었다.

많은 사람은 아주 오래전 일이라 기억하지 못하겠지만 마크 브릴랜드는 독일에서 벌어진 세계 선수권대회에서 최강철에게 통한의 패배를 당한 그 주인공이었다.

복싱광인 변호사 피터와 샘이 IBF 세계 타이틀전 소식을 본 것은 점심을 먹은 후 여유 있게 커피를 마실 때였다.

텔레비전에서는 프레디 아두와 최강철의 시합이 결정되었다는 것을 알리며 앵커가 침을 튀기고 있었는데 흥미진진한 대결이 될 것이라는 전망을 내놓고 있었다.

여유 있게 커피를 마시고 있던 두 사람의 표정이 급박하게 변했다.

전혀 예상치 못한 일이 발생하자 그들은 어이가 없었던지 텔레비전에서 시선을 떼지 못했다.

"아니, 뭐. 이런 개 같은 경우가 다 있어!"

"이런 젠장, 우리가 예매해 놓은 WBA 결정전하고 날짜가 겹치잖아."

"환장하겠네. 허리케인이 이렇게 빨리 시합을 할 줄 누가 알았겠어? 그런데 저 자식 갑자기 왜 IBF에 도전하는 거지?"

"열 받아서 그런 걸 거야. 레너드와 한판 승부를 벌이려고 준비하고 있었는데 갑자기 은퇴를 해버렸으니 화가 많이 났겠지. 그래도 저놈 대단해. 레너드에 대해서 한마디도 하지 않았잖아."

"우와, 미치겠네."

샘이 커피를 한모금 들이키며 인상을 잔뜩 썼다.

피터와 샘은 최강철의 데뷔전을 본 다음부터 도시락을 싸가며 그의 경기를 따라다닌 광팬들이었다.

피가 끓었다.

허리케인의 시합은 지켜볼 때마다 극도의 흥분과 전율을 선사해 줬기 때문에 그들은 미국 전역을 돌아다니며 최강철을 응원해 온 사람들이었다.

하지만 이번은 난감한 상황이다.

라스베이거스 MGM 특설 링에서 벌어지는 WBA 타이틀 결정전을 이미 예매를 해놨는데 최강철의 경기는 뉴욕에서 벌어졌기 때문에 상황이 복잡했다.

"피터, 지금 결정해야 해. 어떻게 할 거야?"

"뭘 어떻게 해. 당연한 걸 가지고. 난 죽어도 '고'야."

"최강철한테 간단 거냐?"

"응."

"그럴 줄 알았다. 다른 건 몰라도 최강철 경기는 무조건 봐야지. 그럼 서둘러야겠구만. 예매했던 거 일단 취소부터 하자. 그런데 뉴욕 메디슨 스퀘어가든에서 벌어지기 때문에 전날에는 출발해야 돼. 마누라가 또 잔소리를 잔뜩 할 텐데 걱정이네."

"우리가 뭐 그런 거 한두 번 겪냐? 그나저나 지금부터 막 기대가 된다. 프레디 아두도 보통 놈이 아닌데…흐으, 프레디 아두와 허리케인의 대결이라 끝내주겠어."

"야, 그 말 들으니까 마누라 잔소리가 하나도 안 무서워진다. 아이고, 그때까지 어떻게 기다리냐."

"아우, 살 떨려. 허리케인 이 자식, 이번에는 어떤 경기를 보여줄까?"

피터가 자신의 양어깨를 손으로 문지르며 한껏 기대감을 나타냈다.

그 모습을 보며 샘이 활짝 웃었다.

피터의 마음이 자신의 마음이었고 그 역시도 벌써부터 경기장에 가 있을 생각을 하자 가슴이 벌렁벌렁했기 때문이다.

                    *   *   *

─시청자 여러분, KBS 스포츠 뉴스입니다. 먼저 미국에서 연승 가도를 달리고 있는 최강철 선수가 IBF 세계 타이틀전에 도전한다는 소식입니다. 최강철 선수는 17전 17KO승을 기록하고 있으며 현재 IBF 랭킹 1위에 올라 있습니다. 시합은 약 두 달 후인 8월 19일 뉴욕의 메디슨 스퀘어가든에서 벌어집니다. 챔피언인 프레디 아두 선수는⋯⋯.

텔레비전에서는 앵커가 최강철의 세계 타이틀 도전 소식을 전하며 신나게 떠들고 있었는데 자료 화면까지 보여주며 5분이나 잡아먹었다.

저녁 9시 뉴스가 끝나갈 무렵에 보도하는 스포츠 뉴스의 평균 시간은 5분 정도가 할애되었으나 오늘은 최강철에 관한 것만으로도 5분을 넘기고 있었다.

1987년 6월.

뜨겁고 뜨거웠던 민중들의 봉기가 연일 계속되며 거리를 휩쓸고 있을 때였다.

영구 집권을 꾀하며 대통령 간선제를 통과시키려는 전두환의 전략에 맞서 국민들은 맨주먹으로 들고 일어나 호헌철폐를 외쳤다.

연일 계속되는 시위.

학생들로부터 시작된 시위는 천주교 정의구현사제단이 박종철의 고문치사 사실을 폭로하면서 직장인들로까지 확산되어 저녁이 되면 넥타이 부대가 거리를 장악한 채 자유를 외치기 시작했다.

땡전 뉴스로 시작되는 9시 뉴스는 그 어디에도 국민들의 저항을 보도하지 않은 채 잡다한 사건 사고들만 나열했기 때문에 사람들은 뉴스에 대한 기대를 완전히 접은 상태였으나 식당에 있던 사람들은 최강철의 소식이 나오자 두 눈을 번뜩이며 시선을 고정시켰다.

대일물산에 근무하는 김영호와 류광일도 그 속에 포함되어 있었다.

꽃다방 멤버인 그들은 오늘도 퇴근하고 시위 대열에 참여해서 목이 터져라 자유를 외치다가 최루탄을 실컷 들이마신 후 뒤늦게 감자탕집에서 저녁을 먹고 있는 중이었다.

"강철이다……."

"저놈 오랜만이네. 북미 챔피언 되고 난 후부터 전혀 뉴스가 나오지 않더니 홍길동처럼 나타나는구만."

"군사정권에서 저 자식 관련해서 보도를 못 하게 했다잖아."

"왜?"

"그때 최강철이 챔피언 되고 나서 인터뷰한 걸 가지고 전두환이 길길이 뛰었단다. 그래서 그다음부터 쟤 얘기가 전혀 나오지 못했어."

"씨발, 지랄했고만. 그때 쟤가 무슨 말을 했는데?"

"우리 국민들 힘내라고 말했지. 그런데 정부에서는 그 이야기가 반정부 정서를 키웠다고 판단한 모양이다. 저놈이 미국에 있어서 다행이었지 한국에 있었으면 아마 잡혀갔었을 거야."

"어이구, 미친 새끼들. 지들 욕한 것도 아니고, 데모 열심히 하라고 떠든 것도 아닌데 그랬단 말이냐. 하여간 뒤가 구린 놈들은 병신 짓만 골라서 한다니까."

"잔대가리도 잘 돌아가지."

"그건 또 뭔 소리냐?"

"생각해 봐. 지금 이런 마당에 갑자기 최강철 소식을 전한

게 뭣 때문이겠어."

"관심을 돌리려는 수작질이란 뜻이구만."

"당연한 거 아니겠어. 지금 시위가 그냥 시위냐. 우리 같은 직장인들까지 나섰으니 그자들 입장에서는 커다란 위기라고 생각했을 거다."

"…개새끼들……."

"그나저나 답답해."

"왜?"

"넌 쟤 경기 보고 싶지 않냐? 난 보고 싶어 미칠 지경이다."

"저런 빅 이벤트를 왜 보고 싶지 않겠어. 난 최강철 왕팬이라고!"

"그러니까 말이지. 그 새끼들 장난질에 놀아나는 걸 뻔히 알면서 경기를 보고 싶어 하는 나는 뭐냐. 씨발, 내가 바본가?"

"쩝… 일리가 있네. 하아, 그래도 보고 싶은 건 보고 싶은 거지. 쟤가 무슨 죄가 있고 복싱 좋아하는 우리가 무슨 죄가 있냐. 지랄 같은 놈들에게 놀아나는 불쌍한 나라와 국민들이 무슨 죄가 있냐고!"

*   *   *

보름 정도 피지컬 훈련이 끝나자 완벽하게 체력이 살아났다.

피지컬이 완성되고 난 후부터는 보름 정도만 훈련해도 온몸의 세포가 최상의 상태로 회복되었다.

하루의 훈련 스케줄은 오전 3시간, 오후 3시간으로 짜여 있었다.

예전에 비하면 훨씬 줄어들었는데 이렇게 훈련 시간을 줄인 것은 북미 챔피언에 오른 후부터였다.

충분했다.

체력이 뒷받침된 상태에서 시합 일에 맞춰 테크닉과 실전 감각을 끌어 올리면 경기하는 데 아무런 문제가 없었다.

저녁이 되면 최강철과 윤성호는 거실에 모여 앉아 프레디 아두의 경기 영상을 보면서 이성일이 분석한 내용을 들으며 회의를 했다.

철저하게 준비한다는 것은 승리를 쟁취하기 위한 필수 조건이다.

하지만 그것도 2, 3일에 한 번씩 하는 것이었고 나머지 시간은 휴식을 취했다.

한국에 대한 뉴스가 속보로 텔레비전에서 흘러나온 것은 저녁을 먹고 거실에 모여 앉아 커피를 마실 때였다.

화면에서 보이는 한국의 상황은 전쟁터를 방불케 하고 있었다.

수십만에 달하는 군중들.

그들은 천지를 가득 채울 것 같은 최루탄의 포연 속에서도 굴하지 않고 울분에 찬 모습으로 자유를 외치며 거리를 행진했다.

"이러다가 전쟁 나는 거 아냐?"

"그러게요. 이럴 때 북한에서 쳐들어오면 큰일인데… 왜들 저러는지 모르겠네."

윤성호가 불쑥 입을 열자 이성일이 걱정스러운 얼굴로 중얼거렸다.

한국의 정치 상황을 모르니 그들의 대화는 두려움으로 가득 차 있었다.

이런 생각은 시골에서 농사를 짓고 있는 많은 국민과 한국 동란을 겪으며 피눈물을 흘렸던 우리의 부모들, 군사정권에 달라붙어 잘 먹고 잘살던 사람들의 머릿속에 공통적으로 들어 있는 것이었기에 최강철은 쓴웃음을 지을 수밖에 없었다.

"아이고, 저게 뭐야. 사람들한테 왜 저래? 저 새끼들 미친 거 아냐!"

"어, 어… 야, 이 새끼들아, 그걸로 때리면 어떡해!"

걱정을 하면서 텔레비전을 지켜보던 윤성호와 이성일이 주먹을 치켜들면서 흥분을 했다.

바닥에 쓰러져 버둥거리는 사람들, 머리를 맞아서 피를 흘리며 비틀비틀 걷는 사람들, 산발한 여자의 눈물.

미국 특파원이 보낸 자료라 그런지 화면에서는 잔인한 장면들이 연이어 흘러나왔다.

화면에는 전경들의 무지비한 폭행이 무차별적으로 이뤄지고 있었다.

자신들의 정권 수호를 위해 국민들의 피를 흘리게 만드는 놈들이 무슨 대통령이고 정부란 말이냐.

결과를 뻔히 알고도 분노가 치밀어 견딜 수가 없었다.

이게 나라냐……. 국가의 권력은 국민으로부터 나오는 것이고 국가의 주인은 국민이다, 이 개새끼들아!

연일 계속되는 한국의 격렬한 시위 장면이 미국의 텔레비전과 언론에 수시로 나왔기 때문에 훈련을 마치고 집으로 돌아오면 일행의 분위기는 착잡하게 변했다.

먼 이국땅에서 혼란에 빠져 있는 고국의 모습을 지켜보며 윤성호와 이성일은 울분을 참지 못했으나 최강철은 그저 말없이 뉴스에 시선을 고정시킨 채 침묵을 지켰다.

그러던 어느 날 거짓말처럼 국민의 승리 소식이 들려왔다.

ABC가 뉴스 속보를 통해 한국의 군사정권이 국민들의 열망을 견디지 못하고 결국 대통령 직선제를 결정했다는 소식을 타전했던 것이다.

화면에는 노태우가 항복을 선언하는 장면에 이어 승리를 쟁취한 사람들의 환호가 생생하게 흘러나오고 있었는데, 그들의 얼굴에 들어 있는 햇살 같은 웃음은 민주주의로 향하는 첫걸음이 시작되었음을 통쾌하게 알리는 것이었다.

참으로 지독하게 긴 시간 속에서 영광스럽게 얻어낸 승리다.

비록 3김의 정쟁으로 인해 완벽하게 군사독재의 잔재를 털어내지 못했지만 국민들의 위대한 승리는 이제부터 시작되고 있었다.

시간이 빠르게 지나갔다.

목표와 목적이 있는 사람에게 시간이라는 괴물은 언제나 여유를 주지 않았다.

최강철은 훈련에 집중하며 차근차근 준비를 해나갔다.

복싱은 이미 돈을 벌기 위한 수단에서 벗어난 상태였으나 시간이 지나면서 그의 삶이 되었기에 결코 멈출 생각이 없었다.

거친 숨소리, 상대의 공격에 맞서 싸울 때마다 느껴지는 전율과 흥분이 좋다.

강철 같은 심장에서 터져 나오는 투지와 냉정한 이성에서 뿜어지는 펀치는 언제나 그의 야망을 자극하며 끝없는 도전

의식을 갖게 만들었다.

이런 순간이 거듭되면서 원대한 꿈을 꾸기 시작했다.

바로 황제가 되는 것.

누구에게도 지지 않는 무적의 전사로서 세계의 복싱 팬들에게 영원히 기억되는 황제가 되는 것이 그의 최종 목표다.

"국장님, 결정을 내려야 합니다. 이제 최강철의 시합은 20일밖에 남지 않았어요. 사람들이 난리가 아니란 말입니다. 북미 타이틀전 때와는 또 달라요. 지금은 아침부터 저녁까지 생방송으로 중계하지 않으면 방송국을 폭파해 버리겠다는 협박까지 해온다고요!"

MBC 스포츠 담당 부장 이창래가 커피 잔에 손도 대지 않은 채 문찬호를 향해 입을 열자 회의에 참석했던 부장들이 하나둘 슬금슬금 도망가기 시작했다.

어차피 회의는 모두 끝난 상태였기 때문에 민감한 사안이 튀어나오자 그들은 불똥이 튈까 봐 사정없이 엉덩이를 들고 국장실을 빠져나갔다.

그들도 안다.

비록 스포츠부에 한정된 일이지만 그들 부서로도 수없이 많은 민원 전화가 빗발치고 있기 때문에 일하기가 어려울 지경이었다.

국장실이 금방 비었고 남은 사람은 이창래와 국장인 문찬호 뿐이었다.

깊어지는 고민.

지금까지 최강철에 대해서 보도를 통제하던 정부가 어느 날 불쑥 세계 타이틀 도전 소식을 내보내도 좋다는 지침을 내렸지만 그것만으로 최강철에 대한 정부의 악감정이 전부 풀렸다고 보기는 어려웠다.

더불어 이번 경기를 주관하는 NBC는 무려 80만 달러라는 중계료를 요구해 왔기에 고민이 더 커질 수밖에 없었다.

"야, 이 부장. 잘못되면 우린 전부 죽어. 쉽게 결정할 일이 아냐."

"압니다. 하지만 저쪽은 이미 깨진 그릇이나 다름없습니다. 더군다나 요즘은 선거 때문에 국민들 환심을 사느라고 정신이 없잖습니까. 그러니까 일단 사장님을 설득해 봅시다."

"청와대 쪽에서 아직 액션이 없어. 이런 상태에서는 사장님도 나서지 못한단 말이다. 그 양반 모가지가 가늘어서 절대 모험할 사람이 아니야."

"그럼 이대로 접습니까? 나중에 국민들한테 어떤 봉변을 당할지 생각이나 해봤어요? 국장님, 최강철은 국민들한테 엄청난 인기를 끌고 있는 놈입니다. 이런 놈 경기를 중계하지 않았다가는 무슨 일이 벌어질지 몰라요."

"야, 그래서 무슨 방법이라도 있어? 무턱대고 지랄하지 말고 방법을 말해야 될 거 아냐. 넌 나를 괴롭히는 게 취미냐? 부장이란 놈이 왜 나만 괴롭혀!"

"국장님, 이렇게 합시다. 오늘부터 3일 동안 무조건 우리한테 들어오는 전화는 체육부로 돌리죠. 체육부에서 허가가 안 나와서 중계가 어렵다고 하면 무슨 액션이 있지 않겠어요?"

"이 자식이 죽으려고 환장했구만."

"어차피 중계 못 하면 사람들 등쌀에 죽습니다. 그러니까 그렇게라도 해보자고요."

"네가 모든 책임을 뒤집어쓸 거냐?"

"쓰죠, 뭐. 그렇게 했다고 설마 죽이기야 하겠습니까."

*   *   *

대일물산의 김영호와 류광일은 자주 가는 감자탕집에서 소주를 마시며 직원들과 회식을 가졌다.

요즘 들어 이런 자리가 잦았다.

마음이 맞는 직원들과 술자리를 자주 갖게 된 것은 그동안 투쟁을 하면서 쌓인 전우애를 더욱 돈독히 하고 앞으로의 정치 상황에 대한 의견을 교환하기 위함이었다.

그들의 최대 관심사는 정권 교체였으나 현재 돌아가는 상황은 두 눈 뜨고 볼 수 없을 정도로 엉망이었는데 3김이 전부 나섰기 때문에 이번 선거는 국민들의 기대와 다르게 이상한 쪽으로 흐르는 중이었다.

한참 동안 정치 이야기를 떠들던 일행들의 입을 막은 건 류광일이었다.

그는 지역 감정에 대한 이야기가 나오자 더 이상 듣지 못하겠다는 듯 손을 휘둘러 직원들의 입을 닫아버렸다.

"야, 백날 이야기해 봤자 헛수고야. 머리 아프니까 그만하자. 여기서 떠들어봤자 해결되는 게 하나도 없는데 우리끼리 열받으면 뭐 하냐."

"그건 류 대리 말이 맞아. 정치 이야기는 이제 그만하자고. 아줌마, 여기 소주 두 병!"

김영호가 빈 소주병을 옆으로 치우며 동의를 하자 직원들의 얼굴에서 쓴웃음이 떠올랐다.

맞는 말이다.

정권 타도를 외치며 싸운 동지들이었으나 막상 선거라는 현실에 부딪치자 여기에 모인 사람들조차 의견 통일이 되지 않았다.

김영호의 입이 다시 열린 건 새로 들어온 소주병을 들어 직원들의 빈 잔을 채우고 난 후였다.

"니들 최강철 시합하는 거 알지?"

"당연히 알지. 그거 중계하지 않는다며?"

"방송국에 전화했더니 체육부 이 새끼들이 허가를 안 해준다는 거야. 그래서 난 오늘 2번이나 체육부에 전화를 걸어서 지랄을 했어. 왜 허가를 안 해주냐고 방방 떴지. 그랬더니 이 자식들이 오리발을 내밀더구만. 그건 방송국에서 결정하는 거라면서 자기들은 모르는 일이라고 신경질을 부리더라니까."

"그놈들이 하는 짓이 그렇지, 뭐. 지들이 다 해놓고 책임은 다른 놈들한테 떠넘기는 게 특기잖아."

"내가 업무차 자주 전화하는 테일러한테 들었는데 미국에서는 최강철을 레너드나 헌즈 수준까지 쳐준다더라. 얼마나 인기가 많은지 그놈 경기는 무조건 중계를 해준대. 그런데 한국에서 중계를 안 한다는 게 말이 된다고 생각해?"

"전통한테 미움을 받아서 그렇다며. 그러면 쉽지 않겠지. 아직도 권력이 새파랗게 살아 있는데 걔들이 쉽게 움직일 수 있겠어?"

"너희들도 최강철 시합하는 거 보고 싶잖아. 그러면 어떻게 하든 중계를 하게 만들어야지!"

"나도 체육부에 전화해 봤는데 씨도 안 먹혀. 방법이 없는데 그럼 어떡해."

"방법은 만들면 되는 거야. 우리가 언제 승산 있는 게임이라고 생각해서 싸웠냐."

"뭐, 좋은 방법 있어?"

"나는 내일부터 노태우 선거 캠프에 전화할 생각이다. 사람들이 어제부터 그쪽으로 전화하기 시작했다고 하더라. 표가 달려 있어서 그런가 거기는 전화하면 어떻게 하든 노력해 보겠다고 대답한다니까 너희들도 이제 노태우 선거 캠프에 전화해. 안되면 될 때까지 전화해 보자고. 씨발 놈들, 누가 이기는지 끝까지 해보는 거야!"

*   *   *

김도환이 날아다니기 시작했다.

최강철의 경기는 MBC에서 직접 현지로 날아가 중계하기로 결정되었다. 차기 대통령 후보로 나선 노태우가 방송국에 전화를 해서 국민들을 위해 중계해 달라고 부탁을 했다는 것이었다.

왜 그런지 너무나 잘 안다.

노태우 선거 캠프는 거의 일주일 동안 수많은 국민으로부터 시달렸는데 최강철의 경기를 중계할 수 있도록 해달라는 민원 전화가 하루에도 수백 통씩 왔다고 들었다.

그러고 보면 한국 국민들은 대단한 사람들이다.

간절히 원하는 것을 이루기 위해서는 누가 시키지 않아도

자발적으로 움직이는 다이내믹한 힘이 세계에서 유래를 찾아
보기 어려울 정도로 대단하다.

빗장이 풀리자 전 언론이 동시에 최강철의 경기에 대한 보
도를 시작했고 MBC는 연일 예고 방송을 때리며 국민들을 흥
분시켰다.

선거판은 잠시 뒷전으로 밀려났고 사람들은 만나면 최강철
의 경기에 대해서 침을 튀겨가며 이야기를 나눴다.

그만큼 기대가 컸기에 스포츠서울의 김도환이 전하는 소식
은 하나하나가 특종이 되어 국민들의 이목을 사로잡았다.

그는 보름 전부터 미국으로 날아가 최강철과 생활하면서
취재 결과를 현지로부터 직접 송고했기 때문에 다른 신문과
는 다르게 생생한 사실들을 매일 보낼 수 있었다.

＊　　　　　＊　　　　　＊

시합이 일주일 앞으로 다가오자 레드불스의 캠프는 팽팽한
긴장감에 젖어갔다.

비록 IBF 타이틀전이었지만 세계 챔피언의 자리가 걸려 있
었고 상대인 프레디 아두의 전적이 만만치 않았기 때문이다.

준비는 끝났다.

조금 늦게 합류한 제프 카터가 이성일과 함께 프레디 아두

의 장단점을 철저히 분석해서 내놓은 전략은 훌륭했기 때문에 최강철은 집중적으로 그들이 만들어놓은 전략을 소화하며 시간을 보냈다.

강력한 인파이터.

더스틴 브라운이 헤글러 스타일의 인파이터라면 프레디 아두는 듀란처럼 무자비한 공격 스타일을 가진 놈이었다.

한번 승기를 잡으면 독사처럼 물고 늘어지며 상대가 KO될 때까지 밀어붙이는데 워낙 강력한 콤비네이션을 가졌고 라이트 훅의 위력이 뛰어나 대부분의 선수가 정면 대결을 피할 정도였다.

그가 판정승을 거두거나 진 경기들은 전부 아웃복서들과 시합한 것들이었다.

빠른 발을 이용해 돌아나가는 아웃복서들에게는 약하다는 증거였다.

하지만 제프 카터와 이성일이 내민 전략은 의외로 아웃복싱이 아니었다.

훈련을 하는 동안 최강철은 서지영과의 연락을 끊고 오로지 구슬땀을 흘리며 시간을 보냈다.

그녀를 보고 싶지 않아서가 아니라 자신과의 약속 때문이다.

최선을 다한다.

절대 지지 않겠다는 신념이 가슴속에 들어 있으니 훈련 기간만큼은 그 어떤 것도 신경 쓰지 않겠다고 다짐했다.

서지영은 현명한 여자였다.

사귀기 시작하면서 늘 느낀 거지만 그녀의 절제력은 정말 대단해서 최강철이 곤혹스러워하는 일은 절대 하지 않았다.

훈련에 돌입하면서 당분간 만나기 어렵다는 말을 했을 때 그녀는 아무런 반문도 하지 않고 깊고 달콤한 키스만 남긴 채 그를 보내주었다.

보고 싶었다. 훈련을 마치고 집으로 돌아오면 언제나 그녀의 아름다운 모습이 문득문득 떠올랐다.

그럼에도 참고 견딘 것은 승부를 위한 인내는 언제나 쓰지만 그 결과는 달콤하다는 걸 너무나 잘 알기 때문이다.

천천히 전화기를 들어 버튼을 누르고 기다리자 신호가 길게 울리는 게 들려왔다.

훈련을 모두 마쳤으니 그녀의 목소리가 그리웠고 이제 궁금한 것을 물어봐야 할 때가 되었기 때문이다.

그에게는 세계 타이틀전 못지않게 중요한 순간이 다가오고 있었다.

"지영 씨, 나야. 잘 지냈어?"

―…강철 씨…….

목소리를 들은 그녀의 음성이 잔잔하게 떨리며 말을 잇지 못했다.

참았을 것이다. 그녀는 최강철의 그리운 목소리를 듣고 싶어서 수십 번도 더 전화기를 들었다가 놓기를 반복했을 것이다.

"나 밉지?"

―아니… 그냥, 보고 싶었어……. 강철 씨가 보고 싶어서 밉다는 생각도 하지 못했는걸.

"바보구나."

―원래 난 강철 씨 앞에만 있으면 바보가 되잖아. 그래도 좋아. 강철 씨는 내가 사랑하는 사람이니까.

"조금만 더 기다려 줘. 시합 끝나면 맛있는 거 사줄게."

―응.

"지영 씨, 훈련 기간에는 우리 관장님이 예민해지기 때문에 숨어서 통화하는 거야. 그래서 말인데… 우리 일 어떻게 돼가는지 알 수 있을까?"

―아, 그거… 강철 씨가 말한 대로 저번 주까지 주식을 전부 처분했어. 수익률을 35.4%나 올려서 통장에 들어온 건 610만 달러나 돼. 전부 팔고 나니까 계속 올라서 약 올라 죽을 뻔했어. 지금 시장 상황이 너무 좋아서 전량 매도하니까 증권사가 이상하게 생각하더라.

"잘했다. 고생했구나."

—그리고 델 컴퓨터 쪽에서 들어온 이익금이 이번 반기까지 정산해서 500만 달러 정도야. 아무래도 강철 씨는 마이다스의 손이 맞나 봐. 워낙 사업이 잘돼서 앞으로 들어오는 이익금도 엄청 날 것 같아.

"시스코는 어때?"

—그쪽도 지금 난리가 아니야. 갑자기 포텐이 터져서 직원들을 계속 충원하고 있는 중인데 공장을 새로 개설할 계획이래. 키애런 파크 씨가 정신없이 움직이고 있어.

"지영 씨가 많이 바쁘겠네."

—바쁘긴 하지만 너무 행복해. 사업이 이렇게 잘될 줄 누가 알았겠어.

"지영 씨가 있어서 든든하다. 관리를 너무 잘해줘서 난 이렇게 마음 놓고 훈련할 수 있잖아. 전부 지영 씨 덕분이야."

—그런데 강철 씨, 통장에 들어 있는 현금은 어떻게 해? 강철 씨가 시킨 대로 선물 계좌를 열어놓았는데 혹시 거기에 투자할 생각이야?

"응."

—언제?

"아직은 아니고 내가 때가 되면 알려줄게."

—지금 9월 만기 시장이 폭발적이야. 증권사에 알아봤더니

시카고 선물 시장이 역대 최고액을 기록하고 있대.

"알고 있어. 하지만 아직은 때가 아냐."

—이궁, 또 이런다. 강철 씨가 하는 것마다 너무 성공해서 믿기는 하지만 이제는 막 불안해져. 액수가 너무 커져서 혹시라도 잘못될까 봐 무섭단 말이야.

"하하… 걱정하지 마. 우린 결코 실패하지 않아."

그래, 실패하지 않는다. 결과를 알고 있는 투자가 어떻게 실패를 할까.

서지영이 걱정하는 건 알지만 최강철은 그럼에도 그녀에게 어떤 말도 해주지 않았다.

원칙은 반드시 지킨다.

루시퍼에게 선물 받은 전생의 기억이 노출되는 순간 세상은 혼돈에 빠져들 테니 앞으로도 이 원칙은 철저히 지켜 나갈 생각이다.

                    *   *   *

최강철의 경기가 3일 앞으로 다가오자 미국 전역이 흥분 속으로 사로잡혀 갔다.

동시에 WBA의 타이틀전이 벌어졌으나 온 관심은 최강철이 출전하는 IBF 쪽으로 집중되었다.

미국 출신인 마크 브릴랜드가 출전함에도 WBA 타이틀전이 복싱 팬들에게 관심을 받지 못한 것은 그의 경기 스타일이 아웃복싱이었고 안전 운행을 하면서 지루한 경기를 펼쳤기 때문이다.

　그가 아무리 탁월한 테크니션이라 해도 관중들의 피를 뜨겁게 만들지 못하는 한 최강철과 같은 인기를 얻기 힘들 것이다.

　복싱 팬들의 관심이 최강철과 프레디 아두의 경기에 몰리자 NBC는 쾌재를 부르며 연신 특집 방송을 내보냈다.

　WBA 세계 타이틀을 주관하는 ABC가 코를 빠뜨리고 있는 것과 확연히 대비되는 모습이었다.

　위성 생중계를 신청한 국가는 한국을 비롯해서 영국과 일본 등 7개 나라나 되었기에 짭짤한 중계 수입까지 챙겨 NBC 스포츠 국장의 얼굴에는 웃음꽃이 활짝 폈다.

　오늘 그들이 준비한 것은 복싱 전문 기자인 토머스와 복싱 기술 전문가 잭슨을 출연시켜 3일 후 벌어지는 시합의 경기 예상평을 들어보는 것이었다.

　앵커인 윌리엄은 NBC의 대표적인 복싱 전문 앵커로서 20여 차례의 세계 타이틀을 중계한 경험이 있는 베테랑이었다.

　녹화가 시작되자 윌리엄의 오프닝이 시작되었다.

　"전국의 시청자 여러분, 오늘은 3일 후에 벌어지는 프레디 아두와 최강철 선수의 IBF 타이틀전에 대해 알아보는 시간을 갖겠습니다. 현재 두 선수의 대결은 복싱 팬들로부터 초미의 관심을 끌고 있는데요. 먼저 토머스 기자에게 묻겠습니다. 토머스 기자는 최강철과 상당히 친한 것으로 알려졌는데 언제부터 알게 된 겁니까?"

"82년 세계 선수권대회에서 처음 봤습니다. 그때부터 최강철 선수의 경기라면 거의 따라다니며 취재했으니까 벌써 6년이나 되었군요."

"아, 그때를 저도 기억합니다. 오래전 일이라 복싱 팬들은 잘 모르겠지만 공교롭게도 같은 날 WBA 챔피언 결정전에 출전하는 마크 브릴랜드를 최강철 선수가 잡았죠?"

"그렇습니다. 완벽한 KO승이었습니다."

"그 시합을 직접 보셨나요?"

"예, 봤습니다. 그 당시 최강철은 결승에서 마크 브릴랜드의 전매특허인 아웃복싱을 완벽한 인파이팅으로 때려 부셨는데 얼마나 강렬했는지 소름이 끼칠 정도였습니다. 그때부터 저는 최강철 선수의 팬이 되었습니다."

"같은 날 브릴랜드가 시합을 합니다. 토머스 기자는 지금 브릴랜드와 최강철이 붙으면 누가 이길 것 같습니까?"

"하하… 지금 여긴 프레드 아두와 최강철의 경기에 관련한 이야기를 하는 거 아닌가요?"

"그냥 궁금해서 그렇습니다. 워낙 최강철 선수를 오랫동안 지켜봤으니 두 선수의 장단점을 잘 알것 같아서요."

"노코멘트하겠습니다. 마크 브릴랜드는 비록 아마추어 시합에서 최강철에게 졌으나 프로에 들어온 이후 새로운 신무기들을 장착하며 최고의 복서로 거듭 태어났습니다. 분명 그는 언젠가 최강철 선수와 다시 붙게 될 테니 저의 의견은 그때 다시 말씀드리죠."

토머스가 교묘하게 대답을 회피하면서 고개를 돌렸다.

이유가 있다.

그렇지 않아도 WBA 타이틀전이 죽을 쓰고 있는 마당에 자신이 굳이 앞장서서 총대를 멜 이유가 없었다.

최강철로 인해 IBF가 주목을 받고 있을 뿐이지, 지금의 복싱계는 WBA, WBC가 양분하고 있는 상황인데 엉뚱한 말로 그들을 자극하는 건 어리석은 짓이다.

윌리엄이 노련하게 화제를 돌린 것은 그 역시 그런 사실을 너무나 잘 알고 있었기 때문이다.

"알겠습니다. 그런 기회가 오면 다시 질문할 테니 그때는 꼭 대답해 주시기 바랍니다. 그럼 이번에는 기술 전문가인 잭슨 씨에게 묻겠습니다. 잭슨 씨, 기술 전문가로서 두 선수의 경기가 어떻게 진행될 것 같습니까?"

"제가 봤을 때 이번 경기는 최강철의 방어를 프레드 아두가 뚫을 수 있느냐가 관건입니다. 최강철 선수는 매우 빠른 스피드를 지녔고 방어 기술도 완벽해서 프레드 아두가 그를 잡기 위해서는 거친 공격이 필요할 겁니다. 이번 경기에서 최강철 선수는 점수 위주의 경기를 펼치면서 안전하게 운행할 것으로 예상되기 때문에 프레드 아두 쪽에서는 초반부터 적극적인 공격 전술을 들고 나올 것 같군요."

"두 선수의 테크닉에 대해서 비교해 주시죠. 어떤 공격 기술과 방어 기술을 가지고 있는지 분석해 오셨죠?"

"그렇습니다. 최강철 선수의 공격 기술은……."

잭슨의 비교 분석이 한참 동안 이어졌다.

그는 그동안 두 선수가 치른 시합의 공격 기술에 대해 통계로까지 분석해서 가져왔고 비디오테이프를 통해 상대 공격에 대한 방어 기술까지 면밀하게 보여주며 장단점을 이야기했다.

기술 전문가다운 분석이었고 진행 기술이었다.

윌리엄은 그의 분석이 모두 끝나자 토머스에게 두 선수의 훈련 과정과 일상생활, 언론 보도에 대해서 출연자들과 함께 매끄럽게 프로그램을 진행했다.

텔레비전의 편집은 교묘하기 짝이 없다.

그들이 대화하는 중간중간 두 선수의 하이라이트 장면이 방송되면서 시청자의 흥미를 끌어당겼고 틈틈이 가십거리를 끼워 넣어 눈을 돌릴 수 없게 만들었다.

윌리엄이 PD의 급박한 사인을 보고 시계를 봤다. PD의 사인은 이제 녹화를 끝내자는 신호였다.

"오늘 잭슨 씨의 분석은 감탄할 정도로 훌륭했습니다. 경기를 준비하는 두 선수에 대한 토머스 기자의 말씀도 상당히 재미있었고요. 하지만 프로그램을 끝내기 전에 가장 중요한 질문을 해야 될 것 같습니다. 먼저 잭슨 씨, 이번 시합에서 누가 승리할 것으로 예상하죠?"

"박빙입니다. 하지만 저보고 내기를 걸라고 한다면 프레디 아두의 승리에 걸겠습니다."

"아, 그렇습니까. 그렇게 생각하는 이유를 들어볼 수 있을까요?"

"최강철은 지금까지 프레디 아두처럼 강력한 공격형 인파이터를 만난 적이 없습니다. 프레드 아두는 지금까지 그가 상대한 선수들과 수준이 다르죠. 강력한 전진 패턴에 맞서 최강철은 아웃복싱으로 맞설 것으로 보이는데 그것이 승패를 결정할 거라고 생각합니다. 그는 지금까지 줄곧 인파이팅으로 상대를 KO시켰지만 단발 KO승이 없을 정도로 주먹의 위력이 뛰어나지 않은 선수입니다. 아웃복싱으로 점수를 딸 수 있을지 모르지만 결국은 프레드 아두의 펀치에 견디지 못하고 무너질 겁니다. 그만큼 프레드 아두는 강력한 인파이터이기 때문입니다."

"그렇군요. 그렇다면 토머스 기자는 어떻게 생각하시나요?"

"말도 안 되는 말씀입니다. 이번 경기는 무조건 최강철이 이 깁니다. 그가 단발 KO승을 거두지 못한 건 완벽한 승기를 잡기 위해 기회를 노리기 때문입니다. 실제로 그의 펀치를 맞아 본 선수들은 전부 머리를 저으며 마치 망치로 맞은 것 같다는 말들을 했습니다. 더군다나 최강철의 스피드는 프레드 아두가 따라잡지 못할 정도로 빠릅니다. 아무리 공격 본능이 뛰어난 프레드 아두라 해도 날카로운 반격을 뚫고 공격을 성공시키기는 어려울 겁니다. 최강철의 아웃복싱은 정평이 나 있을 정도로 뛰어납니다. 나는 잭슨 씨가 무슨 근거로 그런 말씀을 하셨는지 이해가 되지 않습니다."

"지구력 때문입니다. 이번 경기는 12회로 치러지죠. 반면에 최강철 선수는 지금까지 6라운드 이상을 뛰어보지 않았습니다. 무슨 말인지 아시겠어요?"

"모르겠습니다. 6라운드까지 뛰었다고 해서 지구력이 없을 거란 판단은 어디서 나오는 겁니까? 절대 나는 그 말에 동의하지 못하겠습니다."

"아… 아… 두 분 그만들 하시죠. 벌써부터 의견이 엇갈리는군요. 그만큼 두 선수의 시합이 박빙이기 때문에 이런 의견들이 나오는 것 같습니다. 시청자 여러분, 이제 3일 후면 여러분이 기다리고 기다리신 결전의 시간이 다가옵니다. 기대해

주십시오. 스포츠라인, 여기서 인사드리겠습니다."

*   *   *

시합 전날 계체량 측정에 이어 공식 기자회견이 열렸다.

몰려든 기자들로 인해 뉴욕호텔의 기자회견장은 발 디딜 틈조차 없을 정도였다.

미국의 기자들뿐만 아니라 한국과 영국 등의 기자들이 몰려들었는데 100명이 훌쩍 넘는 인원이었다.

최강철은 기자회견 장소에 나가 프레디 아두와 악수를 나눴다.

눈빛이 강하다. 그리고 침착하다. 그리고 심기가 깊다는 것이 시선에서 나타났다.

프레디 아두는 다른 선수들과 달리 입이 무거운 사람이었다.

나이가 28살이나 되었는데 언론이 아무리 유혹해도 최강철에 대한 비난을 절대 입에 담지 않았다.

품격은 품격으로.

최강철 역시 같은 태도로 그를 대했다. 챔피언에 대한 존경심 때문이 아니라 하나의 성숙한 인격체로서 깨끗한 승부를 펼칠 생각이었다.

기자들의 질문은 끝없이 이어졌다.

끈질기다.

어떻게 하든 자극적인 기사를 생산하기 위해선지 그들은 상대방에 대한 심기를 건드려 왔으나 프레드 아두는 물론이고 최강철도 교묘한 화술로 그들의 도발을 피해 나갔다.

"최강철 선수, 당신의 인기는 현 챔피언인 프레드 아두보다 훨씬 뜨겁습니다. 그런데도 IBF에 도전하는 이유가 뭡니까?"

"진정한 강자는 링을 가리지 않기 때문입니다. 저는 복서로서 매순간 최선을 다할 뿐입니다."

"프레드 아두 선수에 대해서 어떻게 생각하십니까?"

"그는 뛰어난 선수입니다. 강력한 공격력을 갖추었고 방어능력 또한 뛰어나서 챔피언으로 손색이 없는 사람입니다. 그런 챔피언과 시합을 하게 되어 영광이라고 생각합니다."

"이번 경기도 KO로 이길 겁니까?"

"다시 말씀드리지만 저는 링에 올랐을 때 최선을 다해 싸웁니다. 지금까지 제가 연속 KO승을 거둔 것은 그 결과에 따른 것입니다."

최강철이 교묘한 화술로 계속 직접적인 언급을 피하자 이번에는 기자들의 질문이 프레드 아두를 향해 쏟아졌다.

그 역시 최강철과 비슷한 말을 해 나가면서 기자들의 질문을 피했다.

하지만 마지막 질문에서 터진 그의 말에 프레스 센터가 폭탄이 터진 듯 술렁거리기 시작했다.

"최강철 선수는 뛰어난 기량을 가지고 있지만 저는 그를 이길 수 있다고 확신합니다. 왜냐하면 저는 잡초처럼 커왔기 때문입니다. 최강철 선수는 온실 속의 화초에 불과합니다. 야생에서 굶주린 사자와 드넓은 초원에서 풀을 뜯어 먹으며 편하게 산 초식동물은 싸움이 되지 않는 다는 걸 기억해 주시기 바랍니다."

하아… 끝내준다.

지금까지 참아왔던 게 지금 이 순간을 노리고 있었기 때문인 모양이다. 그것도 기자회견이 다 끝나가는 마당에.

똑똑한 놈.

지금까지 신사처럼 행동해 오다가 결정적인 순간에 심리전을 펼치는 걸 보면 똑똑한 것보다 영악하다는 표현이 더 어울렸다.

자신도 모르게 쓴웃음이 흘러나왔지만 최강철은 끝내 아무 말도 하지 않고 일어서서 기자회견장을 나서는 프레드 아두의 뒷모습을 바라보았다.

내가 온실 속의 화초였고, 편하게 살아온 초식동물에 불과하다고 말했어?

넌 뭔가 착각하고 있구나. 나는 결코 그렇게 살아온 적이 없어. 보여줄게, 링에서.

내가 어떻게 지독하게 살아왔는지를.

*   *   *

최우용은 토요일에 올라온 큰아들 내외를 바라보며 흐뭇한 미소를 지었다.

눈에 띄게 밝아진 얼굴을 하고 있었기 때문이다.

손자가 병에서 완쾌한 후 아들은 얼굴에 들어 있던 어둠을 벗어내고 활기차게 살면서 그 먼 길을 건너 자주 집에 오곤 했다.

"할아부지!"

손자들이 뛰어와 가슴에 안기는 순간 너털웃음이 자연스럽게 흘러나왔다.

이제 뛸 수 있게 된 둘째 손자 놈은 반갑다는 듯 가슴에 안겨 어리광을 부렸는데 그 웃음이 너무나 해맑았다.

며느리의 얼굴도 밝았다.

언제나 며느리는 올 때마다 반찬거리를 잔뜩 장만해서 들고 왔는데 그가 좋아하는 것들이었다.

이 모든 것이 최강철로 인해서였다.

눈에 넣어도 아프지 않을 만큼 사랑한 막내아들은 매 맞아

번 돈으로 늘 가족들을 챙겼는데 큰아들이 구미에 있는 새 아파트를 사서 들어간 것도 아들이 보내준 돈으로 장만한 것이다.

벌써 두 달이 넘도록 통화를 하지 않았다.

시합이 없을 때면 꼭 일주일에 한두 번씩 전화가 왔었는데 중요한 시합을 앞두고 있어서 그런가 소식이 끊긴 게 두 달이 훌쩍 넘었다.

궁금하고 답답했지만 전화를 하지 않았다.

아들의 목소리를 듣고 싶었으나 그것이 방해가 된다는 걸 너무나 잘 알기 때문이다.

"강철이 시합은 내일 아침 10시에 중계한다네요. 아시죠?"

"응, 그렇다는구나. 그것 때문에 올라온 겨?"

"예, 우리 동생 시합하는데 그냥 있을 수 없잖아요. 가족들이 전부 모여 응원해야죠."

"큰 시합이라는데 걱정이다. 잘해줘야 할 텐데……."

"잘할겁니다. 강철이는 꼭 이길 거예요."

"그려, 그랬으면 좋겠구먼."

"아버지, 오다가 보니까 아파트 단지 앞에 돼지갈비집이 크게 생겼더라고요. 오늘은 우리 가족 나가서 오랜만에 외식하시죠."

"뭐 하러 나가서 돈을 써. 그냥 집에서 먹으면 되지."

"엄마나 이 사람도 저녁 준비 하려면 힘들잖아요. 그러니까

가요. 가서 저랑 소주 한잔하세요."

"허어… 그럼 그러자, 어차피 잠도 안 올 텐데 오늘은 소주
나 마시고 푹 자야겠다."

*   *   *

아침이 되자 윤성호와 이성일이 방으로 찾아왔다.

그들의 얼굴은 긴장감으로 바짝 날이 서 있는데 흰소리를
자주 하던 이성일마저 얼굴에 웃음기가 하나도 들어 있지 않
았다.

하지만 윤성호에 비하면 아무것도 아니었다.

그는 경직되어 있었다.

자신의 못다 한 꿈을 위해 최강철을 따라 이역만리 머나먼
이곳 미국 땅에 와서 5년이란 시간을 보낸 후 결국 오늘 꿈을
이루는 순간이 다가왔기 때문이다.

정말 외로움과 고통의 시간이었다.

"강철아, 잘 잤어?"

"예."

"혹시 잠을 설친 건 아니지?"

"아닙니다. 푹 잤어요. 관장님도 제가 심장이 튼튼하다는
거 잘 아시잖아요."

"그럼, 잘 알지. 밥 먹으러 가자."

"그런데 관장님, 어제 저녁에 어디 갔었어요?"

"내가 어딜 가?"

"방에 가봤더니 없던데요. 혹시 우리 약속 어기고 인혜 누나 만난 건 아니죠?"

"얘가 무슨. 넌 내가 그렇게 의리 없는 놈으로 보이니?"

"사랑 앞에서 의리가 무슨 소용이 있겠어요. 솔직히 말해봐요. 어디 가서 뭐 했습니까?"

"야, 인마. 하도 답답해서 맥주 한잔하고 왔다, 호텔 바에서."

"거짓말."

"아이고, 이놈이 오늘따라 왜 이런데. 내가 중요한 시합 앞두고 설마 그런 짓을 했겠냐. 나를 뭘로 보고……."

"그런 짓이 뭔데요?"

"아, 그게… 에라이!"

어느새 잔뜩 경직되어 있던 윤성호가 손을 번쩍 들며 때리는 시늉을 했다.

최강철이 말도 안 되는 수작질로 도발을 해왔기 때문에 그는 벌겋게 달아오른 얼굴로 손을 들었으나 자신도 모르게 새어 나오는 미소를 숨기지 못했다.

이놈은 대단하다.

나보다 지가 더 긴장해야 정상인데 이럴 때마다 오히려 농담으로 긴장을 풀어주었으니 정말 심장 하나는 강철로 만들어진 것 같았다.

일행이 호텔 식당으로 들어서자 아침을 먹기 위해 들어와 있던 사람들이 너도나도 손을 들으며 알은척을 했다.

"허리케인, 파이팅! 난 당신의 팬입니다. 오늘 시합 꼭 이겨주세요!"

만나는 사람마다 반겨준다.

이곳에 와 있는 사람들은 멀리서 그의 경기를 관전하기 위해 온 복싱 팬들이었기에 최강철의 얼굴을 모두 알고 있었다.

물론 프레드 아두를 응원하러 온 사람들도 있겠지만 대부분의 사람은 최강철을 향해 웃음을 지으며 격려를 아끼지 않았다.

최고급 호텔답게 아침에 마련된 뷔페는 먹을거리가 많았다.

이성일과 윤성호는 긴장하고 있는 것과 상관없이 접시에 음식을 잔뜩 담아 와서 맛있게 먹어댔다.

하여간 먹는 것 하나는 죽여준다.

사람들이 슬금슬금 다가오기 시작한 것은 최강철이 가볍게 아침 식사를 마치고 커피를 마실 때였다.

"허리케인, 죄송하지만 사진을 같이 찍어주실 수 있나요?"

처음에는 중년 부부였고 그다음에는 말끔한 정장을 차려입은 신사가 다가왔다.

그러자 그들을 필두로 거의 20여 명의 사람이 사진을 찍길 원했는데 그중에는 호텔 종업원들도 포함되어 있었다.

웃으며 반겨주었다.

나를 좋아하는 사람들에게 이런 서비스쯤이야 언제든지 해 줄 수 있다.

*   *   *

뉴욕 메디슨 스퀘어가든.

피터와 샘은 어제 뉴욕으로 날아와 호텔에서 하룻밤을 머무른 후 시내를 돌아다니며 시간을 보내다가 경기 시작 1시간 전에 메디슨 스퀘어가든으로 들어왔다.

복싱 광팬답게 그들은 오픈게임이 시작되기도 전에 경기장에 들어와 자리를 차지한 후 분위기를 살폈다.

너무 이른 시간이라서 그런가 경기장에 들어와 있는 사람은 많지 않았지만 조금 시간이 지나자 물밀듯 사람들이 몰려들기 시작했다.

최강철의 경기가 확정되었다는 소식을 듣자마자 WBA 타이틀전의 예매표를 취소하고 부랴부랴 이 경기를 예매했지만 좌석은 2층으로 밀려나 있었다.

어이가 없었다.

IBF 타이틀전 최초로 전 좌석 매진이 되었다는 뉴스를 봤지만 이건 해도 너무했다.

"이런 젠장, 링이 권투 글러브만 하게 보이는구만."

"샘, 이것도 어디냐. 지금 이 경기를 예매하지 못해서 입장하지 못한 사람들이 어마어마하단다. 그리고 글러브보다는 크지. 이 정도면 충분해. 마음 같아서는 저 앞에 VIP석에 앉고 싶다만 우리 형편으로는 어림도 없잖아."

"쩝, 복싱 구경 제대로 하려면 돈 많이 벌어야겠다. 어라…저기 브루스 윌리스 들어온다!"

사람들의 함성 소리에 무슨 일인가 확인하던 피터의 입에서 놀란 음성이 튀어나왔다.

브루스 윌리스는 다이하드로 선풍적인 인기를 끌고 있는 탑 배우였고 미국 국민들이 호감도 1순위에 뽑을 정도로 인기가 있는 사람이었다.

그러나 브루스 윌리스의 출연은 서막에 불과했다.

시합 시간이 다가오자 '해리가 샐리를 만났을 때'의 주인공 빌리 크리스탈과 맥 라이언이 다정하게 손을 잡은 채 들어왔고 불세출의 복싱 영웅 슈가레이 레너드가 나타났다.

계속 이어지는 스타들의 입장에 관중들은 연신 박수를 보내며 그들을 환영했다.

"이게 도대체 뭔 일이냐?"

"왜?"

"저런 스타들이 왜 여길 나타나는 거지? WBA 쪽으로 안 가고?"

"넌 그래서 아직도 멀었다는 거야. 돈 킹은 이런 기회를 놓 치는 사람이 아냐. 내가 알기로 탑스타들한테 VIP 입장권을 100장이나 뿌렸단다."

"그거 진짜냐?"

"돈 킹의 사업 수단이 그래. 화제를 뿌려서 흥행에 성공시키 는 데는 귀재거든."

"그런데 나한테는 왜 안 보내."

"어이구, 지랄한다."

"최강철 인기가 대단하긴 한 모양이야. 스타들이 몰려드는 거 보면."

"돈 킹이 입장권 뿌려서 그렇다며?"

"야, 생각 좀 하고 살자. WBA를 주관한 밥 애런은 가만있 었겠냐. 그놈도 무지막지하잖아. 모르긴 몰라도 돈 킹 버금가 게 입장권을 뿌렸을 거다. 스타들이 여기로 몰리는 건 마크 브릴랜드보다 최강철의 인기가 더 많다는 뜻이야."

"하긴, 최강철 복싱 스타일은 끝내주지. 그래서 우리도 여 기에 와 있는 거 아니겠어. 난 최강철 그놈이 시합하는 걸 볼 때마다 슈퍼맨이 생각나. 이상하게 정의를 수호하는 영웅처럼 보인다니까."

"거기서 슈퍼맨이 왜 나와. 나이 잔뜩 처먹고 아직도 슈퍼맨이 네 우상이냐?"

"우상은 아니고 가장 좋아하는 놈이기는 하지."

*　　　　*　　　　*

이종엽과 윤근모는 마이크를 잠시 내려놓고 앞에 놓인 물병을 들었다.

그들은 3일 전에 넘어와 위성중계를 준비했는데 그동안 정신없이 움직이며 두 선수의 프로필과 주요 시합에 대한 분석 자료를 정리했고 최강철의 인터뷰를 따느라 바쁘게 움직였다.

오늘도 그들의 앞에는 5통의 물병이 자리 잡고 있었는데 벌써 한 통이 사라진 상태였다.

대박이다.

최강철의 경기를 중계하기 위해 80만 달러를 쏟아부었지만 무려 40개의 광고가 유치되어 오히려 이익이 발생했다는 이야기를 들었다.

지금 그들이 잠시 여유를 부리고 있는 건 광고가 나가고 있었기 때문이다.

"윤 위원님, 이 경기 어떻게 될 것 같아요?"

"글쎄, 복싱이란 게 워낙 의외성이 있는 거라서 말이야. 더군다나 둘 다 정상급이잖아. 잘못 맞으면 가는 거지, 뭐."

"그래도 최강철이 이기지 않겠어요?"

"나도 그러길 간절히 바라고 있어. KO승이 아니라도 좋으니까 무조건 이겨줬으면 좋겠다."

"여기 와서 보니까 최강철의 인기가 정말 하늘을 찌를 것 같아요. 국내에서도 그러더니 이게 무슨 조화인지 모르겠어요."

"최강철의 복싱 스타일은 사람의 마음을 움직이게 만드는 뭔가가 있어. 보고 있으면 나도 모르게 흥분하게 돼. 그런 게 국적을 넘어서 인기를 만들어낸 비결이지 않을까."

"휴우… 떨리는데요. 오픈게임이 전부 끝났으니 곧 시작하겠군요."

"벌써 나오는구만. 저기 저 사람이 IBF회장 로버드 리야. 그 옆이 부회장이고. 돈 킹도 보이네."

"그렇군요. 이제 본 게임이 벌어지는 것 같습니다."

이종엽은 링으로 사람들이 속속 올라가는 장면을 보면서 침을 꿀꺽 삼켰다.

그때 광고가 끝났다는 PD의 사인이 들어왔다.

"고국에 계신 시청자 여러분, 여기는 뉴욕 메디슨 스퀘어가든입니다. 드디어 조금 후에 우리의 자랑스러운 대한의 건아 허리케인 최강철 선수와 프레드 아두의 IBF 세계 타이틀전이 벌어지겠습니다. 최강철 선수는 83년에 데뷔해서 지금까지 17전 전승 KO승을 기록하고 있으며 챔피언인 프레드 아두는 36승 2패, 25KO승을 기록하고 있는 강펀치의 소유자들입니다. 아, 화면에서 최강철 선수의 모습이 잡히고 있습니다. 이제 출전을 하기 위해 몸을 풀고 있는 모습입니다. 최강철 선수 반드시 이겨주기를 바랍니다… 문을 나서고 있습니다. 최강철 선수가 드디어 챔피언을 탈환하기 위해 당당히 걸어 나오고 있습니다……."

*   *   *

"또 오줌 마려워요?"

"아니."

"그런데 표정이 왜 그래요?"

"말 시키지 마. 지금 표정 관리 중이야. 카메라가 내 모습을 잡고 있잖아. 최고로 멋있게 보여야지. 우리 부모님이 지금 이 모습을 보실 텐데."

"어이구, 성일아. 너도 그래서 잔뜩 폼 잡고 있는 거냐?"

"아니, 난 원래 표정이 이래. 조금은 도도하고 조금은 날카

롭잖아."

"네가?"

"응."

"이걸 한 대 때릴 수도 없고······."

이성일의 대답을 들은 최강철의 입에서 하품이 터져 나왔다.

말이 되는 소리를 해야 인정을 하지.

지금 그들의 앞과 뒤에는 2대의 카메라가 따라오며 촬영을 하고 있는 중이었다.

복싱 경기는 언제나 도전자가 먼저 출전한다.

따라서 최강철은 프레드 아두보다 먼저 복도를 따라 경기장으로 들어섰는데 문이 열리는 순간 거대한 함성이 터져 나왔다.

관중들은 이미 뒤따라온 카메라에서 찍은 최강철의 모습을 장내에 설치되어 있는 대형 전광판으로 보고 있었던 모양이다.

"허리케인, 허리케인, 허리케인!"

얼마나 커다란 함성이었는지 귀가 다 먹먹할 지경이었다.

눈을 들어 바라보자 2만 명을 수용하는 메디슨 스퀘어가든이 관중으로 꽉 들어차 있었다.

손을 번쩍 들어 그들의 성원에 응답하며 당당하게 걸어 링으로 들어가자 다시 한번 뜨거운 함성이 울려 퍼졌다.

"관장님도 손 한번 번쩍 드시지 그래요."

"나도?"

"그래요. 그래야 멋있게 보일 거 아닙니까?"

"너, 시합하기 전에 나한테 먼저 맞아볼래!"

"하하하……."

"강철아, 나 긴장 안 했어. 오줌도 안 마렵고. 그러니까 실없는 소리 하지 말고 이제부터 집중해."

"알겠습니다."

"준비한 전략대로 나간다. 하지만 불리해지면 상황에 맞춰서 움직인다는 거 잊지 마. 저놈이 어떤 전략을 수립해서 나왔는지 모르니까 조심하고."

윤성호가 눈을 들어 반대쪽 통로를 바라보았다.

그쪽에서는 프레드 아두가 입장하고 있었는데 걸음걸이가 당당했고 관중들의 함성에 반응하는 모습도 여유가 있었다.

이번에 입을 연 것은 옆에서 수건으로 최강철의 목덜미를 주무르던 이성일이었다.

"다시 한번 말하지만 저놈은 레프트 잽에 이어서 무조건 레프트 보디가 따라 나온다고 봐야 해. 습관이란 건 무서운 거라서 쉽게 고치지 못했을 거야. 그리고 라이트 훅. 대부분 저놈의 라이트 훅에 쓰러졌다는 거 잊지 마."

"알고 있어."

"저놈 패링에 이은 라이트스트레이트도 좋아. 절대 거리를 줘서는 안 돼. 알았지?"

"그래."

이성일의 말을 들으면서 최강철이 자기 코너에서 가볍게 펄쩍펄쩍 뛰었다.

프레드 아두는 관중들의 함성을 받으며 링에 올라와 있었는데 사각의 링을 한 바퀴 돌면서 자신 있게 주먹을 치켜들고 있었다.

그는 최강철의 코너 쪽으로 오면서 글러브를 낀 주먹을 내밀었다. 그리곤 서 있던 최강철의 주먹을 건드리며 하얀 이빨을 드러냈다.

"저번에 보니까 내 말을 인정하지 못하는 거 같은데 너는 온실 속의 화초가 맞다. 초식동물이란 말도 맞고. 그러니까 기분 나쁘다고 함부로 덤비지 말고 잘 도망 다녀!"

＊   ＊   ＊

"아, 거 씨발. 무슨 사설이 저렇게 긴 거야!"

"저게 저놈들 밥그릇인데 오죽하겠냐. 저럴 때 나와서 방귀깨나 뀌는 놈들이 얼굴 비추는 거지."

"벌써 강철이가 링에 들어온 게 10분이나 지났다고. 우리 강철이 힘들어서 큰일 났네."

시끌벅적.

사전 행사가 길어지자 꽃다방에 들어와 있던 사람들의 불만이 쏟아지기 시작했다.

화면에서는 장내 아나운서가 계속해서 누군가를 소개하며 지랄을 떨었는데 온통 모르는 놈뿐이었다.

"이제 끝났나 보다!"

드디어 길었던 주요 인사들의 소개가 끝나자 사람들의 입에서 한숨이 흘러나왔다.

복싱 경기를 볼 때마다 생각하는 것이지만 이런 짓을 하는 놈들은 전부 동동 싸매서 리어카에 실어 개천에 내버리고 싶은 심정이다.

복싱 경기가 있을 때마다 꽃다방 멤버인 김영호와 류광일은 새벽에 일어나 바람처럼 달려와 맨 앞자리를 차지하는 데 성공했다.

조금만 늦었으면 큰일 날 뻔했다.

웬 미친놈들이 그리 많은지 그들이 들어오고 얼마 지나지 않아 꽃다방 50석이 전부 찼다.

중계방송은 아침 10시로 예정되어 있었지만 오픈게임이 있었고 식전 행사를 한다고 지랄을 떠는 바람에 11시 반이 다

되어서야 이제 본 게임이 시작되려는 중이었다.

텔레비전에는 양 선수를 링 중앙으로 불러 모았는데 국가 연주를 하려는 것 같았다.

이것도 식전 행사의 하나다.

갑자기 텔레비전에서 애국가가 흘러나오자 맨 앞에 앉아 있던 류광일이 자리에서 벌떡 일어섰고 그 뒤를 김영호가 따랐다.

그러자 꽃다방에 가득 들어차 있던 사람들이 전부 자리에서 일어나 애국가를 부르기 시작했다.

"동해물과 백두산이 마르고 닳도록……."

*   *   *

장내 아나운서가 최강철에 이어 프레디 아두에 대한 소개를 이어가는 동안 윤성호의 입이 속사포처럼 열렸다.

그의 입술은 식전 행사를 하는 동안 바짝 말라 있었는데 너무 긴장해서 입술이 타들어가는 것 같았다.

"강철아, 처음부터 무리하면 안 돼. 알았냐?"

"네."

"우리 꿈을 이루는 날이야. 꼭 이겨야 한다."

"그럼요. 이제 시작인데 지면 쓰나요."

"심판이 부른다. 가봐."

어느새 프레드 아두의 소개가 끝나고 레프리가 최강철을 향해 링의 중앙으로 나오라는 손짓을 하고 있었다.

천천히 다가가자 멘트 하나 다르지 않은 레프리의 주의 사항이 이어졌다.

레프리가 떠들었으나 최강철의 눈과 프레드 아두의 시선이 허공에서 번쩍이며 부딪쳤다.

프레드 아두가 또다시 하얀 이를 드러낸 것은 레프리의 주의 사항이 모두 끝났을 때였다.

"최강철, 길어봐야 6라운드다. 그때까지 잘 도망 다녀봐."

"신사인 줄 알았더만 신사를 가장한 여우 새끼였군. 프레드 너나 잘해, 이 새끼야."

때앵!

드디어 운명의 공이 울리자 최강철은 천천히 걸어 링의 중앙으로 나갔다.

이놈 작정했구만.

위잉!

프레드 아두는 자신이 아웃복싱을 할 거라 아주 확신했던 지 처음부터 라이트 단발 훅을 던지며 접근해 들어왔다.

그 펀치를 피하며 프레드 아두의 가슴팍으로 파고들었다.

그러고는 양쪽 옆구리와 어퍼컷을 날리며 바짝 붙었다.

당황한 프레드 아두가 급히 가딩으로 펀치를 막았으나 최강철은 거리를 떨어뜨리지 않은 채 연속으로 쇼트를 날렸다.

쇼트에도 모든 펀치가 들어 있다.

쇼트라는 의미는 짧은 펀치라는 것이지 어떤 기술을 특정해서 말하는 게 아니었다.

이성일이 준비한 전략은 아웃복싱이 아니라 최단 거리 접근전이었다.

제프 카터와 밤을 새워가며 끙끙대던 이성일은 프레드 아두의 펀치가 크다는 것을 알아채고 최단 거리 접근전을 전략으로 세웠던 것이다.

공이 울리는 순간부터 최강철이 바짝 붙은 채 난타전을 펼치자 금방 경기장의 분위기가 뜨겁게 달아오르기 시작했다.

대부분의 전문가는 스피드가 빠른 최강철이 아웃복싱을 할 것이라 예상했지만 막상 전혀 의외의 상황이 발생하자 관중들은 입을 떠억 벌린 채 링의 중앙에서 맞부딪치는 선수들에게서 시선을 떼지 못했다.

밀어도 밀리지 않았고 최단 거리를 유지하며 연타를 퍼부었다.

펀치의 속도, 그리고 체력.

오늘 경기의 승패는 이 두 가지로 결정 난다.

강력한 인파이터라고 알려진 프레드 아두는 최강철의 펀치에 맞서 주먹을 난사했으나 바짝 붙은 거리에서 날아오는 쇼트에 여러 차례 얼굴을 적중당하자 점점 가드가 좁혀졌다.

  가드가 좁혀진다는 것은 특유의 맹렬한 펀치 각도와 펀치의 파괴력이 작아진다는 것을 의미했다.

  작용과 반작용의 원리다.

  최강철은 바짝 웅크리는 프레드 아두를 따라다니며 링을 휩쓸었다.

  프레드 아두는 그를 떨어뜨리기 위해 필사적인 노력을 했지만 최강철의 피지컬은 그의 압박을 충분히 견뎌낼 정도로 단단했다.

  이것이 인파이팅만 하던 놈의 한계다.

  프레드 아두가 1라운드 내내 당하면서도 뒤로 훌쩍 물러서지 못한 것은 공격 본능이 놈의 머리를 지배하고 있기 때문이다.

  "잘했다, 어떠냐?"

  "성일이 분석이 맞아요. 놈은 최단 거리에서는 펀치가 흘러 나갑니다. 적정한 거리만 주지 않으면 충분히 잡을 수 있을 겁니다."

  "체력 안배 잘해. 먼저 지치는 놈이 지는 거야."

  "걱정하지 마세요. 저놈보다 먼저 지치는 일은 없을 겁니다."

2라운드.

최강철의 공격 패턴은 똑같이 이루어졌다.

머리를 맞댈 정도로 접근해서 끊임없이 펀치를 퍼부었다.

잠시도 쉴 틈이 없는 무지막지한 공격이었다.

워낙 짧은 접근전이었기에 상대의 공격에 여러 차례 펀치를 허락했으나 최강철은 절대 물러서지 않고 거리를 줄여놓은 채 펀치를 날렸다.

충분히 견딜 수 있었다.

미리 공격당한다는 것을 알았고 천부의 반사 신경이 있기에 결정적인 공격은 전부 피했다.

전략이 확정된 후 준비해 놓은 숏 훅과 숏 스트레이트, 어퍼컷과 양쪽 옆구리 공격이 쉴 새 없이 터졌다.

새로운 콤비네이션이다.

그의 주 무기인 토네이도 콤비네이션에 비해 위력이 적겠지만 오히려 펀치의 속도는 훨씬 더 빨랐다.

2라운드에 불과했을 뿐인데도 사람들은 자리에서 전부 일어나 열광을 하고 있었다.

그들로서는 이런 경기를 처음 봤을 것이다.

프레드 아두의 맷집은 훌륭했다.

수없이 작렬하는 펀치를 맞고도 끊임없이 펀치를 날려왔는데 아직까지 새파랗게 날이 서 있는 것들이었다.

하지만 너는 결국 견디지 못한다.

지금 내 전신을 두드리는 내 펀치가 시간이 지날수록 너를 죽음 속으로 몰아넣을 테니 말이다.

4라운드가 끝나자 이종엽이 급히 물병을 들어 올려 입으로 쏟아부었다.

라운드가 끝나면 광고를 하기 때문에 40초의 시간을 벌 수 있었다.

옆에 있던 윤근모도 자신과 똑같이 물을 벌컥벌컥 들이켰는데 벌써 지친 기색이 완연했다.

1라운드 초반만 잠깐 앉아 있었고 그다음부터는 계속 선 채로 중계를 했기 때문에 벌써부터 목이 칼칼하게 아파왔다.

하지만 그는 베테랑이다. 광고가 끝났다는 사인이 들어오자 즉시 마이크를 끌어당긴 후 멘트를 시작했다.

"정말 대단한 경기입니다. 최강철 선수, 4라운드에서도 최강철 선수는 똑같은 패턴으로 폭풍 같은 공격을 퍼부었습니다. 윤 위원님, 이건 그동안 보여주었던 최강철 선수의 경기 스타일이 아닌데 어떻게 생각하십니까?"

"4라운드가 지난 지금까지 최강철 선수는 라운드당 300회 이상의 펀치를 내고 있습니다. 물론 프레드 아두 선수도 계속해서 펀치를 내고 있지만 최강철 선수의 펀치 숫자에 비하면 반 정도밖에 되지 않는 걸로 보이네요."

"걱정되는군요. 이러다가 지치는 건 아닐까요. 너무 무리하는 것으로 보이는데요?"

"저도 그렇게 생각합니다. 오버 페이스를 하는 것 같아 마음이 조마조마하군요. 그나마 다행인 것은 프레드 아두의 얼굴이 일그러지고 있다는 것입니다. 보십시오. 쉬면서 입을 벌리고 있잖습니까."

"아, 그렇군요. 지친 기색이 조금 보이는 것 같습니다."

"복싱은 때리는 사람도 지치지만 맞는 사람도 지치게 되어 있습니다. 프레드 아두는 지금까지 꽤 많은 펀치를 허용했어요. 상당한 맷집을 지녔기 때문에 버텼지, 다른 선수였다면 벌써 쓰러졌을 겁니다."

"정말 살 떨리는 경깁니다. 최강철 선수도 여러 차례 펀치를 허용해서 심장이 떨어지는 줄 알았습니다."

"정타는 아니었어요. 전부 흘려 맞은 거고 제대로 들어간 건 2, 3차례밖에 없었습니다. 최강철 선수 맷집도 상당히 강하군요. 전혀 대미지를 받지 않은 모습입니다."

"말씀드리는 순간… 5라운드의 공의 울렸습니다. 최강철 선수 이번 라운드에서도 잘 싸워주기를 간절히 바랍니다."

전력으로 달리면 얼마나 뛸 수 있다고 생각하나.

5분, 10분? 아니면 20분?

미안하지만 사람이 전력으로 달릴 수 있는 시간은 대부분 30초를 넘기지 못한다.

그것은 복싱 선수뿐만 아니라 모든 선수에게도 해당되는 이야기고, 인간의 한계에 대한 경계선에 관한 이야기다.

프레디 아두가 불과 5라운드 만에 이렇게 지친 것은 최강철이 끊임없이 그를 향해 펀치를 난사해서 잠시도 쉬지 못하게 만들었기 때문이다.

5라운드 중반이 지나자 프레드 아두의 숨소리가 거칠게 변하기 시작했다.

서서히 한계에 도달했다는 신호였다.

최강철은 바짝 붙은 상태에서 옆구리를 집중적으로 공략했다. 놈의 체력을 더욱 깎아내리기 위한 선택이었다.

하지만 보디 공격만 한 것이 아니라 수시로 안면을 노렸기 때문에 프레디 아두의 방어선이 수시로 무너졌다.

퍽, 퍽, 쿠웅!

양쪽 옆구리에 이어 올라간 어퍼컷이 정확하게 들어가는 순간, 그토록 단단했던 프레드 아두의 신형이 비틀거렸다.

"와아, 와아!"

프레드 아두의 신형이 비틀거리는 순간 관중석에서 폭탄이 터지는 것과 비슷한 함성이 새어 나왔다.

팽팽하게 맞서던 두 선수의 결투에서 처음으로 균형이 무너지는 순간이었기 때문이다.

기회다. 그러나 서두르지 않는다.

최강철은 비틀하며 한 발 물러서는 놈의 가슴을 향해 다시 바짝 다가서며 계속해서 복부를 두들겼다.

부웅, 부웅, 부웅!

프레드 아두가 전열을 재정비하고 무차별적으로 펀치를 난사해 왔으나 최강철은 냉정한 눈으로 그의 펀치를 피하며 반격을 가했다.

콰앙, 콰앙!

패링에 이은 양쪽 쇼트 훅이 정확하게 들어가자 프레드 아두의 신형이 휘청거리며 뒤로 물러났다.

경기가 시작된 이후 처음으로 후퇴를 한 것이다.

도망가지 못한다, 프레드 아두.

내가 말했지. 너나 잘하라고.

그 정도 스텝으로 내 공격을 피할 수 있을 거라고 생각했어?

최강철의 신형이 번개처럼 앞으로 나가며 강력한 쇼트 콤비네이션을 퍼부었다.

프레드 아두가 간헐적으로 펀치를 냈으나 최강철의 엄청난 화력 앞에는 무용지물에 불과했다.

이미 그의 숨소리는 거칠어질 대로 거칠어져 입이 벌어져 있었고, 얼굴은 고통으로 잔뜩 일그러진 상태였다.

그때, 5라운드를 종료하는 공이 울렸다.

"강철아, 저 자식 지쳤다."

"알고 있습니다."

"입이 벌어져서 다물어지지 않고 있어. 저건 체력이 끝까지 갔을 때 나타나는 현상이야."

"이제 끝내겠습니다. 마지막에 준비한 걸로 끝낼게요."

"서둘지 마. 놈은 한 방이 있는 놈이야!"

"잘 알면서 그래요. 나는 보기보다 상당히 냉정한 놈입니다. 절대 무리하지 않을 테니까 걱정하지 마세요."

"조심해, 이 자식아!"

윤 관장이 소리를 고래고래 질렀으나 최강철은 그를 향해 빙그레 웃어준 후 공이 울리자 의자를 박차고 나갔다.

네가 6라운드에 끝낸다고 했지?

그 약속 지켜봐!

링의 중앙으로 나서는 프레드 아두의 발은 천근처럼 무겁게 느껴졌다.

저런 발로는 거북이도 쫓아가지 못할 것 같은 스텝이었다.

6라운드가 시작되자 최강철은 그동안의 패턴을 버리고 아웃복싱으로 전환했다.

아웃복싱이 시작되었다는 건 그의 전매 특기인 레프트 잽이 움직인다는 뜻이다.

스트레이트처럼 강력하고 화살처럼 빠른 레프트 잽이 말이다.

쉬익, 쉬익, 쉬익!

무거워진 프레드 아두를 향해 거리를 확보한 상태에서 최강철의 레프트 잽이 무차별적으로 쏟아지기 시작했다.

레프트 잽만 나온 것이라면 어떻게 하든 피했겠지만 그에게는 레프트 잽과 연동되는 스트레이트와 미사일 훅이 장착되어 있었다.

파앙, 파앙, 파앙!

프레드 아두가 최선을 다해 방어를 하며 반격을 시도했으나 레프트 잽을 성공시킨 최강철의 신형은 어느새 전권에서 빠져나가 있었다.

거의 샌드백 수준이다.

아직도 최강철의 스텝은 경기를 막 시작한 것처럼 움직이고 있었으니 그의 지친 발로 따라잡는다는 건 불가능에 가까운 일이었다.

아웃복싱을 하던 최강철의 패턴이 또다시 변한 것은 라운드 중반 레프트 잽에 이은 스트레이트가 프레드 아두의 안면에 정확하게 틀어박혔을 때였다.

인파이팅.

휘청거리는 프레드 아두를 따라 들어가며 최강철 특유의 폭발적인 콤비네이션이 터지기 시작했다.

거리를 정확하게 잰 상태에서 무차별적으로 쏟아지는 그의 펀치는 미사일을 연상케 할 정도로 강력한 것이었다.

프레드 아두에게 사망 선고를 내린 것은 콤비네이션의 끝자락에 위치한 라이트 훅이었다.

콰앙!

마지막 저항을 하기 위해 프레드 아두의 왼손이 빠져나오는 순간 크로스 카운터가 작렬했는데 얼마나 강했던지 머리가 홱 돌아갈 정도였다.

마치 고목나무가 쓰러지듯 프레드 아두의 신형이 스르륵 무너져 내리며 캔버스에 길게 뻗었다.

카운트를 셀 필요도 없었다.

정신을 잃은 선수에게는 카운터를 세는 것보다 닥터를 부르는 것이 훨씬 현명한 짓이다.

관중들은 최강철이 아웃복싱을 하다가 전매특허인 폭풍 같은 대시를 시작할 때부터 함성을 멈추고 넋을 잃은 채 지켜보고 있었다.

최강철의 공격이 얼마나 강력했던지 사람들은 손에 땀을 쥐고 함성조차 지르지 못했다.

관중의 함성이 천둥처럼 터진 것은 레프리의 손짓에 의해 닥터가 급히 링으로 뛰어들었을 때였다.

"허리케인, 허리케인, 허리케인!"

거의 광란에 가까운 합창이 관중들의 입을 통해 흘러나왔다.

진정으로 누군가에게 감탄한 사람들에게서는 이런 반응이 나온다.

그것은 바로 미친 듯한 열광이다.

최강철은 링의 중앙에 서서 승리의 포효를 터뜨렸다.

관중들은 그런 최강철의 별명인 허리케인을 끊임없이 외쳤는데 한쪽에서는 쓰러진 프레드 아두를 돌보느라 정신이 없었다.

다행이다.

조금 시간이 지나자 그가 머리를 흔들며 캔버스에서 일어나는 것이 보였다.

레프리의 경기가 끝났다는 사인과 동시에 윤성호와 이성일이 달려 나오며 그를 향해 돌진해 왔다.

윤성호는 얼마나 기쁜지 눈물을 흘리고 있었다.

"강철아, 이 자식아. 장하다, 장해!"

"관장님, 고생하셨습니다."

최강철이 웃으며 말하자 윤성호가 그를 끌어안고 펑펑 울었다.

문제는 이성일이었다.

이 자식은 미친놈처럼 자신의 가랑이 사이로 머리를 들이밀려는 중이었다.

"야, 야. 잠깐만. 트렁크 좀 내리고!"

"괜찮아, 이 자식아. 지금 그럴 새가 어디 있어!"

"아프다고."

"안 아프게 조심할게. 네놈 물건을 설마 내가 잡아 뜯기야 하겠냐?"

조심한다던 놈의 말은 거짓이다.

무작정 대가리를 처박았기 때문에 트렁크를 정리할 시간도 주지 않았다.

그나마 다행인 점은 저번처럼 트렁크가 뒤로 밀려서 물건이 아프지 않았다는 것이었다.

이성일은 최강철을 목말 태우고 미친놈처럼 사각의 링을 뛰어다니기 시작했다.

좋다, 지금의 이 순간이. 나는 너무도 좋다.

"강철아, 조심해! 그렇지. 피해, 피해!"

최강희와 최강숙이 시합을 보면서 정신없이 소리를 질렀다.

다른 가족들은 말조차 제대로 못 하고 텔레비전에 시선만 고정하고 있었으나 그녀들은 마치 중계방송하듯 마구 떠들며 온몸을 흔들어댔다.

그러던 한순간 무차별적으로 공격을 하던 최강철의 주먹에 프레드 아두가 풀썩 캔버스에 길게 쓰러지자 그토록 떠들어대던 그녀들의 목소리가 동시에 닫혔다.

갑작스럽게 찾아온 놀람은 사람의 입을 틀어막는 모양이다.

하지만 그것도 잠시, 그녀들의 입에서 비명이 터져 나왔다.

그녀들의 비명에 맞춰 대치동 은마아파트의 모든 동이 갑자기 한꺼번에 들썩거렸다.

집에서 최강철의 시합을 지켜보던 사람들이 동시에 소리를 질렀기 때문인데 지진이 난 것처럼 아파트가 흔들릴 지경이었다.

최우용은 주먹을 불끈 쥔 채 아들의 경기를 보다가 프레드 아두가 기어코 바닥에 쓰러지자 자리에서 벌떡 일어나 만세를 불렀다.

가장 격렬한 반응을 보인 건 류순덕이었다.

그녀는 텔레비전을 보면서 계속 뭔가를 중얼거리며 기도를 하고 있었는데 아들이 상대를 쓰러뜨리자 두 팔을 번쩍 들면서 자리에서 일어나 손뼉을 마구 쳐댔다.

그 모습이 꼭 정신을 잃은 사람처럼 보였다.

모든 가족이 최우용과 류순덕을 따라 일어나 소리를 고래고래 질렀는데 손자 놈들이 뛰어다니며 좋아했기 때문에 거실이 온통 난장판으로 변했다.

"만세, 강철이가 이겼다! 만세!"

서로를 끌어안고 기쁨에 겨워 전부 소리를 질렀다.

"아버지, 강철이가 이겼어요… 강철이가……!"

"그래, 우리 아들 장허다, 장혀. 아이고……."

한참을 웃음으로 아들의 승리를 기뻐하던 최우용의 눈이 붉게 물들더니 눈물이 줄줄 새어 나오기 시작했다.

아들이 세계 챔피언에 등극했다는 감격은 그에게 기쁨의 눈물을 쏟아내게 만들기 충분했다.

*　　　　　*　　　　　*

장내가 정리되고 레프리가 최강철의 승리를 선언한 후 아나운서가 인터뷰를 시작했다.

그의 눈은 최강철에게서 떨어지지 못했는데 감탄의 기색이 역력히 서려 있었다.

"허리케인, 승리를 축하합니다."

"감사합니다."

"이번 경기는 허리케인이 지금까지 펼쳐온 시합과 확연히 달랐습니다. 정말 대단한 인파이팅이었는데 미리 준비한 것인가요?"

"그렇습니다. 프레디 아두 선수가 워낙 강한 인파이터기 때문에 거기에 맞춰 준비한 것입니다."

"이제 IBF 챔피언에 오르셨는데요. 장래 계획은 무엇입니까?"

"조만간 저는 WBA나 WBC쪽에 통합 타이틀전을 요구할 계획입니다. 그런 후 저분과 타이틀전을 놓고 경기를 하고 싶습니다."

최강철이 손으로 VIP석을 가리켰다.

그가 가리킨 건 복싱계에서 불세출의 영웅이라 불리는 슈가레이 레너드가 앉아 있는 자리였다.

레너드는 최강철이 자신을 가리키자 환한 웃음을 짓고 있었다.

"아나운서께 잠깐 부탁드릴 말씀이 있습니다. 지금 레너드가 웃고 있는데 대화를 나눌 수 있게 해주십시오."

"아… 그게. 알았습니다."

최강철의 말에 잠시 망설이던 장내 아나운서가 IBF 회장인 로버트의 고갯짓을 확인한 후 진행 요원들에게 마이크를 가져다주라는 신호를 보냈다.

그냥 넘길 수 없는 일이었다.

최강철의 요청에 관중들 속에서 소란이 일어났기 때문이다.

열화와 같은 반응.

그들은 최강철과 레너드가 대화하는 걸 간절히 바라고 있었다.

이윽고 레너드의 손에 마이크가 쥐여지자 최강철이 그를 향해 푸른 시선을 던지며 입을 던졌다.

"레너드, 오늘 내 시합이 어땠습니까?"

"아주 훌륭하더군. 경이적인 경기였어."

"당신과 내가 붙으면 어떨 것 같습니까. 나랑 한번 싸워보고 싶은 생각이 들지 않던가요?"

"싸우고 싶네. 자네의 경기를 보면서 피가 들끓었어. 하지만 아직 나한테는 안 돼!"

"뭐가 안 된다는 말입니까. 레너드, 나는 당신이 은퇴한 이유가 타당하지 않다고 생각합니다. 내 꿈은 당신과 시합을 하는 거였는데 너무 아쉽군요. 지금이라도 복귀하실 생각이 없습니까?"

"푸하하… 생각해 보지."

"조만간 결정해서 통보해 주시길 바랍니다. 시간이 흐르게 되면 당신이 나한테 싸워달라고 애원할 수도 있을 테니 말입니다."

"그럴 리는 없어. 나는 지금까지 누구한테도 애원한 적이 없다."

"어쨌든 한번 붙읍시다. 여기 있는 모든 분들이 당신과 나의 시합을 원하고 있지 않습니까?"

"조금만 더 쉬고 생각해 보지. 가족들하고 쉬는 게 너무 좋거든. 하지만 오래 쉬다 보면 노는 게 싫어질 수도 있겠지. 그때 네가 통합 타이틀 챔피언에 올라 있다면 붙어주마."

"알겠습니다. 당신을 위해, 그리고 나를 위해 모든 타이틀을 가져오겠습니다. 나는 당신을 영웅이라고 생각합니다. 그러니 약속을 꼭 지켜주시기 바랍니다."

*   *   *

스포츠뉴스의 PD 사창환은 부랴부랴 갑자기 복싱 전문가들을 초빙하느라 하루 종일 정신이 없었다.

윗선이 최강철에 관한 특집을 마련해서 오늘 중으로 방송하라는 오더를 내렸기 때문이다.

일요일에 쉬다가 날벼락을 맞았다.

무슨 프로그램을 반나절 만에 준비하란 말인가.

그럼에도 까라면 까야 한다.

복싱 중계와 프로그램을 전담하던 이종엽과 윤근모는 지금 미국에 있었기 때문에 급히 대타로 농구를 전담하는 캐스터 금상호를 불러냈고 복싱 전문가 정복기를 간신히 수배해서 스튜디오로 나오게 만들었다.

진짜 자다가 콩을 볶아 먹을 정도로 미쳐서 날뛰었다.

오후 3시.

불려 나온 농구 캐스터 금상호가 인상을 북북 긁으며 거칠게 물어왔다.

신경질이 가득 담긴 얼굴이었다.

하긴 그럴 만도 하다. 농구가 아니라 복싱에 대해서 진행을 맡아달라고 했으니 그로서는 황당한 일이었을 것이다.

"뭡니까, 이게?"

"최강철이 오늘 사고를 쳤잖아요. 위에서 지금 난리가 아닙니다. 국민들 관심이 너무 뜨거워서 그냥 넘길 수 없었던 모양이에요."

"그래서요?"

"혹시 오늘 경기 보셨습니까?"

"봤습니다."

"아이고, 다행입니다. 아직 시간이 있으니까 일단 이것부터 읽어보십시오. 최강철에 관련된 자료하고 슈가레이 레너드 관련 자료가 같이 담겨 있으니까 참고하시고요. 이건 오늘 진행

할 대본입니다."

"하아, 환장하겠군. 일단 주세요. 내가 다행히 복싱을 좋아하니까 웬만큼 진행은 가능할 겁니다."

"고맙습니다. 조금 있으면 정복기 씨가 나올 테니 그때 녹화를 시작하는 것으로 하겠습니다."

PD 사창환이 자료 화면을 준비하느라 이리 뛰고 저리 뛰는 동안 복싱 전문가 정복기가 나타났다.

그 역시 급하게 달려왔기 때문인지 얼굴이 땀투성이였지만 사창환이 자료를 주자 금방 안색을 회복하고 대본을 읽어나갔다.

이 정도는 아무것도 아니다.

그는 워낙 복싱계에 대해서 빠삭한 사람이었기 때문에 대본을 주욱 읽어보기만 한 후 스튜디오에 앉았다.

금상호의 오프닝 멘트는 땀으로 범벅이 된 사창환이 녹화를 알리는 신호를 보내면서 시작되었다.

"전국에 계신 시청자 여러분, 안녕하십니까. 오늘은 IBF 세계 챔피언을 획득한 최강철 선수에 대해서 특집 방송을 보내 드리겠습니다. 오늘 스튜디오에는 복싱 전문가 정복기 씨가 나와 계십니다. 안녕하십니까?"

"예, 안녕하세요. 정복기입니다."

"오늘 최강철 선수의 경기가 정말 대단했습니다. 완전히 압도적인 경기를 펼쳤는데 정 위원님은 어떻게 보셨습니까?"

"그렇습니다. 오늘 벌어진 경기는 최강철 선수의 시합 중에서도 단연 압권이었습니다. 시합을 하기 전 전문가들은 최강철 선수가 아웃복싱을 할 것으로 예상했지만 전혀 다른 결과가 펼쳐졌죠. 마치 정교한 단거리 미사일이 한꺼번에 터지는 것처럼 완벽하고도 화려한 공격력을 보여주었는데 챔피언인 프레드 아두가 꼼짝을 하지 못했습니다."

"프레드 아두는 대단한 인파이터로 정평이 나 있잖습니까. 현재 IBF 챔피언들 중에서 유일하게 WBA나 WBC 챔피언들과 비슷한 수준을 지닌 강력한 챔피언으로 알려졌는데 무기력하게 무너졌습니다. 이유가 있을까요?"

"최강철 선수의 스태프 쪽에서 완벽한 작전을 짜 왔기 때문입니다. 프레드 아두의 펀치가 크다는 것을 간파한 것이지요. 더군다나 최강철 선수의 펀치 스피드가 워낙 빨라서 제대로 대응을 하지 못한 게 원인입니다."

"그럼 자료 화면을 보면서 천천히 이야기를 나눠보겠습니다."

텔레비전 프로그램의 생명은 시각적인 효과다.

아무리 심층적인 분석이 이어진다 해도 계속해서 말반 반복하면 시청자들은 금방 질리게 되기 때문에 자료 화면이 반드시 동반되어야 한다.

그랬기에 사창환은 오늘 벌어진 하이라이트 장면을 틀어주고 두 사람이 알아서 지껄이게 내버려 두었다.

어차피 시청자들은 강렬했던 최강철의 경기 장면에 눈이 팔려 두 사람이 떠드는 소리를 제대로 듣지 않을 것이다.

금상호와 정복기는 대본에 따라 한동안 두 선수의 기술적인 부분에 대해서 이야기를 나누며 시간을 보냈다.

하지만 오늘의 하이라이트는 마지막에 담겨 있는 질문이었다.

"지금까지 최강철 선수의 주요 기술들에 대해서 분석하는 시간을 가졌습니다. 그럼 다음은 경기가 끝난 후 커다란 화제를 몰고 온 레너드와의 대화 내용에 대해서 이야기를 나눠보시죠. 정 위원님, 레너드가 오랜만에 공식 석상에 모습을 드러냈는데요. 얼굴은 현역 때나 다름없어 보였죠?"

"그렇습니다. 은퇴한 지 이제 4개월밖에 지나지 않아서 그런가, 예전 모습을 그대로 가지고 있더군요."

"최강철 선수가 은퇴를 한 레너드에게 공개적으로 도전 의사를 밝혔습니다. 정말 이뤄지기만 한다면 꿈의 대결로 불리게 될 텐데요. 가능할까요?"

"충분히 가능한 일이라고 생각합니다. 최강철 선수의 인기는 현재 판타스틱4에 육박할 정도로 뜨겁습니다. 북미 타이틀을 획득했을 때 최강철 선수는 듀란에게도 똑같은 말을 했습니다. 그때도 관중들은 열광을 하면서 시합을 해달라는 요청을 열화와 같이 보냈습니다. 그랬기에 가능성이 점점 커지고 있다고 말씀드릴 수 있습니다. 최강철 선수는 IBF 타이틀을 획득했고 조만간 WBA 챔피언에 오른 마크 브릴랜드나 WBC의 허니건과 통합 타이틀전을 벌이겠다고 공언했잖습니까? 만약 최강철 선수가 양 기구 중에서 하나만 정복해도 복싱 팬들의 성화에 의해 대결이 성사될 가능성이 무척 커질 겁니다."

"정말 기대가 되는군요."

"저 역시 상상만 해도 가슴이 뛸 정도로 흥분이 됩니다. 만약 시합이 성사된다면 전 세계 복싱 팬들이 열광하는 빅 이벤트가 될 테니 말입니다."

*　　　　*　　　　*

샤워를 마치고 메디슨 스퀘어가든을 빠져나오자 그의 얼굴을 보기 위해 기다리던 팬들이 환호성을 질렀다.

군중의 숫자는 많았다.

그들은 연신 허리케인을 외치며 그의 승리를 축하해 주었기 때문에 10분 가까이 움직이지 못했다.

윤성호와 이성일, 그리고 럼블 측에서 보내온 경호원들이 아니었다면 더 오래 붙잡혀 있었을 것이다.

그를 더 힘들게 만든 것은 기자들이었다.

기자들은 군중들에게 둘러싸인 그의 모습을 정신없이 찍어 댔는데, 계속되는 질문에 대답을 멈추고 빠져나가자 호텔까지 쫓아오는 소란을 피웠다.

호텔로 돌아온 후 최강철은 축하 파티를 하자는 윤성호와 이성일의 제안에 흔쾌히 고개를 끄덕여 주며 전화기를 들었다.

신호음이 길게 흐르다가 갑자기 딸깍하며 통화가 이루어지며 그리웠던 아버지의 목소리가 들려왔다.

"아버지, 강철입니다."

—아이구… 장한 내 새끼구나!

"아버지, 저 챔피언 먹었어요."

—그려그려. 장허다, 정말 잘했어. 근데 어디 다친 데는 없어?

"예, 말짱해요."

—고생했다, 고생혔어. 그동안 통화를 못 해서 애비가 궁금해 죽을 뻔했어, 이놈아.

"예, 어머니도 잘 계시죠?"

—그럼, 잘 있지. 잠깐만 기다려. 엄마 바꿔줄게.

잠시 두런거리는 소리가 들린 후 다정한 어머니의 목소리가 수화기를 타고 들려왔다.

어머니는 전화를 받자마자 걱정부터 늘어놓았다.

―많이 맞았는데 얼굴 안 부었냐. 이빨은 괜찮은 겨?

"그럼요. 저보다 그 친구가 걱정이죠. 제가 훨씬 많이 때렸잖아요."

―강철아, 화면에서 보니까 많이 말랐던데 뭐 좀 제대로 먹어, 이놈아!

"저, 잘 먹어요. 시합 때문에 체중 조절 해서 그렇지, 평소에는 밥도 두 공기씩 먹는걸요. 아마 그 모습 보면 살 빼라고 할 정도로 통통하다니까요."

―너는 살 좀 쪄도 된다. 그러니까 부지런히 먹어.

"알았어요."

―그런데 언제 오냐. 세 달 후면 강희 결혼식 있는데 그땐 올 수 있는 겨?

"가야죠. 그렇지 않아도 이번 시합 끝나면 집에 가려고 했어요. 우리 예쁜 엄마 얼굴 보고 싶어서 힘들었거든요."

―정말… 정말이지?

"예, 꼭 갈게요. 가서 새로 생기는 매형 얼굴도 봐야죠."

―알았다. 무슨 일이 있어도 꼭 와야 헌다. 엄마는… 니가 너무 보고 싶어…….

*   *   *

돈을 번 이후 6개월 전에 집을 이사했다.

서지영의 집에서 멀지 않은 곳에 위치한 말바의 고급 주택이었다.

월세가 3천 달러나 되는 곳이었지만 고급으로 지어진 2층 주택으로 넓은 정원이 있었고 이스트리버까지 보여 경치가 좋은 주택이었다.

이곳에 자리를 잡은 것은 레드불스와 회사가 가깝다는 이유였다.

경기가 끝난 다음 날, 최강철이 사는 집으로 손님들이 찾아왔다.

서지영을 비롯한 미녀 3총사와 황인혜, 레드불스에서 가장 친하게 지냈던 마크, 피터 등이었다.

오늘 그들이 찾아온 이유는 최강철이 세계 챔피언에 오른 축하 파티를 하기 위함이었다.

맥주를 마시며 즐겼다.

손님들은 최강철과 가장 밀접한 인연을 맺은 사람들이었기 때문에 아낌없이 그의 승리를 축하해 주었다.

서지영이 다가온 것은 최강철이 와자지껄하게 떠들고 있는 일행들과 떨어져 잠시 잔디밭 중앙에 놓여 있는 의자에 앉았을 때였다.

"강철 씨, 왜 나와 있어?"

"맥주를 너무 많이 마셨나 봐. 얼굴에서 열이 오르네. 바람 쐬러 잠시 나온 거야."

"그렇구나. 어쩐지 계속 마시더라. 클로이 그 계집애, 주지 말라니까 자꾸 줘서……."

"하하하… 괜찮아."

"나, 강철 씨한테 할 말이 있어서 나왔어."

"뭔데?"

"언제까지 복싱을 할 거야?"

"그건 왜 묻지?"

"너무 걱정되고 불안해서. 강철 씨는 이제 엄청난 부자잖아. 델 컴퓨터도 대박을 터뜨렸고 시스코도 지금 난리가 아니야. 더군다나 주식하고 지금까지의 이익금만 따져도 1,100만 달러가 넘어. 그런데 왜 복싱을 해. 그러다 다치면 어쩌려고. 이제 복싱 그만하면 안 돼?"

"지영 씨, 내가 복싱을 하는 이유는 처음에는 돈을 벌기 위해서였지만 지금은 목적이 달라졌어."

"뭔데?"

"하나는 내가 복싱을 하면서 즐겁다는 것이야. 그리고 또 하나는… 누군가를 즐겁게 만들고 나를 기억할 수 있게 한다는 것이지."

"강철 씨가 즐겁다는 것은 알아듣겠는데 뒤에 이유는 무슨 뜻인지 잘 모르겠어. 혹시 명예나 그런 걸 말하는 거야?"

"넓게 생각하면 비슷하겠네."

"나는 그런 게 왜 필요한지 모르겠어."

"시간이 지나면 차차 알게 돼. 나에게는 명예가 무엇보다 중요한 순간이 다가올 테니까."

"아… 난 잘 모르겠어. 시합을 볼 때마다 가슴이 터지는 것 같아서 너무 힘들어. 저러다가 다치는 건 아닌지, 아니면 시합에 지고 좌절할 수 있다는 걱정 때문에 늘 불안해."

"알아, 그 마음. 하지만 그렇게 걱정하지 않아도 돼. 난 허리케인이잖아."

"하아……."

부드러운 눈길.

처음부터 설득하지 못하리라는 걸 알고 있었다.

이제 막 챔피언에 오른 사람에게 복싱을 그만두라고 말한다는 건 어쩌면 세상 물정을 전혀 모르는 철부지로 보일지도 모른다.

그럼에도 그녀는 최강철이 이제 복싱을 그만두길 바랐다.

사랑하는 사람이 사각의 링 위에서 짐승처럼 주먹을 휘두르는 모습은 더 이상 보고 싶지 않았다.

최강철의 부드러운 눈길에 자신도 모르게 한숨이 길게 새어 나왔다.

이 남자의 시선은 마치 솜사탕처럼 그의 걱정을 단숨에 날려 버리는 마법을 부린다.

"시합이 끝났으니까 우리 할 일이 있어."

"할 일?"

"그래, 내가 조만간 큰일을 해야 한다고 말했잖아. 이제 그 일을 해야 해."

"그게 뭔데?"

"우린 다음 주에 시카고로 갈 거야. 그러니까 지영 씨가 여행 갈 준비를 해줘."

"강철 씨랑 나랑 둘만?"

"응."

"어머… 어쩌면 좋아."

"왜, 같은 방에서 자자고 할까 봐 겁나?"

"아니… 그건 아니고……."

서지영이 떠듬거리며 말을 흐렸다.

키스까지는 자주 했지만 아직 그들은 한 번도 잠자리를 같이하지 않았다.

별별 생각이 다 들었다.

사귄 지 1년이 훌쩍 지났음에도 아직 잠자리를 요구하지 않는 최강철의 행동 때문에 머릿속에는 고민이 잔뜩 차 있는 상태였다.

클로이와 수잔은 시간이 날 때마다 최강철을 데리고 병원에 가보라며 성화를 부렸다.

자존심 때문에 물건이 다쳤는데도 모른 채 방치하고 있는 건지 모른다며 무조건 병원부터 데려가야 한다는 주장을 펼쳤다.

그녀들의 주장은 간단했다.

물건이 제대로 서는 남자라면 무조건 1달 이내에 덮칠 수밖에 없도록 조물주가 만들어놨다는 것이었다.

말도 안 되는 소리라며 한국의 정서가 어떻고, 최강철의 성격이 진중해서 그런 걸 거라며 거품을 물었으나 속으로 걱정이 되는 건 사실이었다.

그런데 둘이서만 시카고로 여행을 가자고 하니 가슴이 저절로 떨려왔다.

그녀는 시카고로 가야 한다는 말이 나왔을 때 단박에 선물 투자를 머릿속에서 떠올렸으나 그것보다 더 중요한 것은 최강철이 그녀를 이번 기회에 어떻게 대할 것이냐였다.

그러나 그녀의 마음과는 다르게 최강철의 얼굴에는 슬쩍 긴장감이 배어 나오고 있었다.

"내가 말했잖아. 우린 선물에 투자할 거라고. 이제 그 시기가 왔어."

"시카고에 가자고 했을 때 예상하고 있었어. 그런데 강철 씨, 얼마를 투자할 생각이야?"

"지금 보증 증거금이 15%니까 우리 돈으로 얼마나 살 수 있지?"

"그건 계산을 해봐야 해."

"그래, 계산해 봐. 우린 풀 베팅을 할 거니까."

"뭐라고? 말도 안 돼!"

서지영의 홍조가 들어 있던 얼굴이 단박에 하얗게 변했다.

지금 마이더스 CKC에서 보유하고 있는 자금은 1,100만 달러란 거금이 있었으니 풀 베팅 금액은 대충 계산해도 7천만 달러 이상이 될 것이다.

세상에 이런 무모한 투자가 어디 있단 말인가.

"강철 씨… 농담이지?"

"아니, 농담 같은 거 잘 못하는 거 알잖아. 나는 이번 12월 선물에 풀 베팅을 할 생각이야."

"왜, 도대체 왜 그런 말도 안 되는 짓을 해. 잘못하면 힘들게 번 돈을 한 번에 날릴 수도 있어. 난 절대 못 해. 죽어도 그런 짓은 안 할 거야. 더군다나 우린 풀 베팅을 하게 되면 실패했을 때 추가 증거금조차 낼 수가 없어. 그렇게 되면 파산이라고!"

"지영 씨, 내가 마이더스의 손이란 거 아직도 안 믿는구나?"

"믿지 못해서가 아니라… 강철 씨, 다시 한번 생각해 봐. 그래도 이건 아니잖아!"

선물 투자의 기본은 제로섬 게임이다.

특정 기간의 정해진 시간에 석유나 농산물, 달러의 가치, 또는 주가 지수의 가격이 오를 것이냐 떨어질 것이냐를 놓고 머니 게임을 하는 것이 바로 선물 투자였다.

선물 투자의 기본 원칙은 오른다에 거는 사람과 떨어진다에 거는 사람이 동일 거래 계약을 채결했을 때 시장이 이루어지는데 자칫하면 엄청난 이익과 손해를 볼 수 있었다.

그랬기에 개인이 선물 시장에 뛰어드는 건 쉽지 않은 일이었다.

주가 지수에 투자했을 때의 기본 계약금이 클 뿐만 아니라 만약 내기에서 질 경우 치명적인 타격을 입기 때문이다.

정해진 시간에 오른다고 확신한 사람들은 매수 포지션을, 떨어진다는 데 거는 사람은 매도 포지션에 투자를 하는데, 주가 지수의 등락에 따라 이익과 손해가 눈덩이처럼 불어나 자칫하면 엄청난 손실을 볼 수 있었다.

보증 증거금 15%만 내면 거의 7배에 달하는 베팅을 할 수 있다는 것도 선물 투자의 위험성 중에 하나였다.

웬만한 일이라면 무조건 믿고 따르던 서지영이 절대 안 된다며 반대를 한 것도 이런 이유가 있었기 때문이다.

하지만 최강철의 태도는 완강했다.

선물 투자는 선물 옵션과 달리 기껏해야 원금 손실의 범위 내에서 투자가 이루어지기 때문에 아무런 부담이 없다.

선물 옵션이 활성화되었다면 수십 배, 아니, 수백 배의 이익을 취할 수 있겠지만 아직 주가 지수에 대한 옵션 체계가 정착되지 못한 게 아쉬울 뿐이었다.

"지영 씨, 날 믿고 여행 갈 준비나 완벽하게 해줘. 호텔방은 하나만 잡아. 우린 빈털터리가 될 수도 있으니까 돈을 아껴야 되지 않겠어?"

최강철의 기억에 미국 경제를 파탄시킨 블랙 먼데이는 1987년 10월에 벌어졌다.

일자는 생각나지 않았지만 선물 투자는 정확한 일자가 필요 없었다.

3월, 6월, 9월, 12월의 셋째 주 목요일이 기준일이었고 블랙 먼데이의 여파는 상당 기간 미국 경제를 휘청거리게 했으니 선물 투자는 최강철에게 황금 알을 낳는 거위와 다름없었다.

태풍이 불어 닥치기 전의 바다는 더없이 평화롭고 아름다워 영원히 간직하고 싶을 정도의 추억을 준다.

지금의 미국 주식 시장이 그랬다.

연초부터 30% 이상 오른 주식 시장은 장밋빛 미래에 젖어 있었고 실제로도 경기 전망은 온통 화려한 청사진뿐이었다.

그랬기에 12월의 선물은 매수 계약에 투자자들이 몰려들어 시장 형성이 어려울 지경이었다.

최강철은 치밀하게 움직였다.

매일 매수 계약의 숫자를 확인하며 일주일에 걸쳐 야금야금 매도 포지션 계약을 주문하며 균형을 맞춰 나갔다.

서지영은 그 모습을 불안한 눈으로 지켜보며 좌불안석이었다.

겁이 났다.

한순간의 실수로 1,100만 달러란 거금을 날릴 수 있다는 두려움은 일주일 내내 그녀를 악몽 속으로 몰아넣었다.

설마설마하면서 지켜보던 서지영은 끝내 최강철이 매도 포지션으로 모든 돈을 걸고 빠져나오자 다리에 남이 있던 힘이 모두 빠져나가 비틀대며 휘청거렸다.

미쳤다.

이런 상승장에서 매도 포지션에 풀 베팅을 했으니 눈앞이 깜깜해져 견딜 수가 없었다.

"지영 씨, 왜 그래?"

"나 좀 부축해 줘. 힘이 하나도 없어."

"사인이란 사인은 혼자 다 해놓고 이러시면 곤란하죠. 천하의 서지영도 이런 모습을 보여주네. 여자는 여잔가 봐."

"나… 정말 무서워."

최강철의 품에 안긴 서지영의 몸이 바들바들 떨리고 있었다.

델 컴퓨터와 시스코란 신생 기업에 투자해서 완벽한 성공을 거뒀기 때문에 회사가 본격적으로 커나갈 시기에 최강철이 무모한 투자를 해놨으니 암담함에 정신을 차릴 수 없었다.

사인을 거부하며 버텼다.

마이다스 CKC의 대표이사로서 무조건 안 된다며 이를 악물고 반대를 했으나 최강철의 고집을 꺾을 수 없었다.

그녀가 결국 고집을 꺾을 수밖에 없었던 것은 한없이 부드러운 눈빛으로 최강철이 던진 말 때문이었다.

"지영 씨, 끝내 사인을 거부하면 난 마이다스의 유한주주 자격으로 은행에 가게 될 거야. 설마 나를 그렇게 만들지는 않겠지?"

어쩔 수가 없었다.

지금 마이다스에 들어 있는 돈은 거의 최강철의 자금이었으니 그가 끝내 고집을 부린다면 막을 방법이 없었다.

하지만 그게 두려워서가 아니다.

그녀가 두려움 속에서 결국 사인을 할 수밖에 없었던 것은 사랑하는 사람의 신뢰를 잃어버릴 수도 있다는 것 때문이었다.

결국 모든 일 처리를 끝내고 그녀를 가슴에 안은 최강철의 입에서 달콤한 목소리가 새어 나왔다.

그동안의 두려움을 한순간에 씻어내 버리는 무한한 달콤함이었다.

"이제 모든 일을 끝냈으니까 나는 지금부터 맛있는 저녁을 먹으러 갈 거야. 그리고 와인을 마신 후 잠자리에 들고 싶어. 지영 씨와 함께 말이야."

*　　　　*　　　　*

암흑의 월요일인 '블랙 먼데이(Black Monday)'는 뉴욕의 다우 존스 주가가 대폭락한 1987년 10월 19일이 월요일이기 때문에 붙여진 이름이다.

블랙 먼데이를 맞기 전인 1987년 8월 25일의 다우 존스 지수는 연초 대비 주가 상승률이 38%를 기록하는 수직 상승세가 이어지면서 사상 최고치를 기록했기에 이 같은 호황 분위기에서 대폭락의 조짐을 엿본 사람은 아무도 없었다.

그러나 2개월도 지나지 않은 10월 19일 다우 존스 지수는 전날의 2,246.74 포인트에서 이날 하루 동안 무려 22.6%인 508포인트가 떨어진 1,738.74 포인트로 마감됐다.

어떤 애널리스트도 블랙 먼데이가 왜 발생했는지 정확한 이유를 밝혀 내지 못했다.

그랬기에 더 충격이 컸을 것이다.

호황 속에 던져진 원자폭탄의 파괴력은 수많은 사람의 생명을 추풍낙엽처럼 날려 버렸으니 말이다.

시카고에서 돌아온 지 두 달이 채 되지 않은 10월 19일.

최강철이 사무실로 들어서자 몰려 있던 클로이와 수잔, 황인혜가 기겁을 하면서 달려왔다.

그녀들은 뒤늦게 서지영으로부터 자금을 전부 선물 투자에 올인했다는 것을 알게 된 후 불안감을 감추지 못하고 있었다.

그나마 다행인 점은 델 컴퓨터 쪽에서 막대한 수익금이 계속 발생하기 때문에 만약의 사태가 발생했을 때 추가 보증금을 마련할 수 있다는 것이었다.

"강철아, 큰일 났어!"

제일 먼저 다가온 황인혜의 입에서 숨넘어가는 소리가 흘러나왔다.

현재 시간 오전 11시.

최강철은 황인혜의 음성만 듣고도 오늘이 바로 그날이란 걸 직감으로 알았다.

"왜 그러세요?"

"주식 시장이… 주식 시장이 폭락하고 있어. 무서울 정도로 떨어지고 있단 말이야. 이게 도대체… 뭔 일인지 모르겠다."

"언제부터죠?"

"개장하고 나서 바로. 10분 정도 지났을 때부터 고꾸라졌다네. 지금 지영이가 객장에 나가 있어. 너 선물 투자 했다며, 그거 괜찮겠니?"

"지영 씨가 비밀을 지킨다고 말 안 해준 모양이군요. 걱정하지 말아요. 난 떨어지는 데 걸었으니까요."

"정말… 정말이지?"

"그럼요.. 너무 혼란스러워하지 말고 일들 하세요. 클로이, 델 컴퓨터는 어때?"

최강철이 시계를 바라본 후 급히 클로이를 향해 입을 열었다.

델 컴퓨터의 현재 상황을 정확하게 다시 짚어볼 필요가 있었기 때문이다. 마이클 델은 어제 집으로 전화를 해서 자금 확보를 위해 내년 경에 나스닥에 상장하는 게 어떠냐는 의견을 물어왔던 것이다.

"공장 2군데를 더 알아보고 있어. 올해 말까지 예상되는 매출액은 8,000만 달러야. 주문은 폭주하는데 생산량이 문제인 것 같아. 공장 일손이 딸려서 추가로 공장을 확보하지 않으면 주문을 받지 못할 지경이래."

"오케이. 시스코는?"

"시스코의 매출액도 기하급수적으로 늘고 있어. 올해 순수 익만 300만 달러 정도 될 거야."

"좋네, 클로이가 관리 잘해줘."

"어디 가?"

"증권거래소에 가보려고. 이따가 지영 씨와 다시 돌아올게."

"응."

최강철이 뉴욕증권거래소에 들어서자 객장이 비명으로 가득 차 있었다.

울부짖는 사람들, 어떤 사람들은 낙담한 얼굴로 고개를 푹 숙인 채 움직이지 못했고 어떤 사람들은 눈을 감은 채 온몸을 벌벌 떨고 있었다.

그건 주식을 산 사람들만 그런 것이 아니라 거래소 직원들도 마찬가지였다.

패닉 상태다.

증권거래소 안에 있는 모든 사람은 전광판을 가득 채운 주식들이 무차별적으로 떨어지는 장면을 바라보며 정신을 잃어가고 있었다.

12시 현재의 주가 지수는 2,011이었으니 2시간 반 만에 235포인트가 빠졌다.

하지만 이건 시작이다.

지금도 주가는 정신없이 빠지고 있었는데 끝을 알지 못할 정도의 두려움이 객장을 가득 적시고 있었다.

"지영 씨, 나 왔어."

"강철 씨……"

서지영은 최강철이 부르자 정신없이 달려와 안겼다.

모든 주식을 처분했음에도 그녀는 지금의 상황이 너무나 무서웠던 모양이다.

"어때?"

"나도 이게 무슨 일인지 모르겠어. 모든 사람이 주식을 던지고 있어. 이대로라면 미국이 망할지도 몰라."

"그럴 리가 있나. 이러다가 말겠지. 너무 걱정하지 마."

"하지만… 너무 무서워. 저 사람들 봐. 전부 절망하고 있잖아."

"음……"

들어오면서 봤지만 가까이에서 보자 차마 말로 표현하지 못할 지경이다.

과연 저 사람들은 오늘을 무사히 버텨낼 수 있을까?

"우린 어떡해?"

"기다려야지. 시장이 안정될 때까지. 지금은 매도조차 할 수 없는 상황이야. 아직 시간이 있으니까 기다리기만 하면 돼."

"너무 무서워서 어쩔 줄을 모르겠어. 이러다가 시장이라도 붕괴되면 우린 원금도 찾기 어려울지 몰라."

"그렇게 되지는 않아, 선물 시장은 덩치가 큰 기관 투자자들이 대부분 참여하기 때문에 우리 돈은 안정적으로 회수할 수 있을 거야."

"그건 그런데… 정말 다행이야. 강철 씨 판단을 믿지 못하고 내가 주장한 것처럼 매수 포지션에 투자를 했다면 어쩔 뻔했어. 생각만 해도 끔찍해."

"나가자."

"조금 더 안 보고?"

"보면 뭐 해. 저 사람들 보고 있으면 가슴 아프기만 하지."

최강철이 눈짓으로 객장에 있는 사람들을 가리키자 서지영의 얼굴이 다시 급격하게 어두워졌다.

주가 지수가 미친 듯이 떨어지고 있었기 때문에 선물 투자로 기하급수적인 이익을 보겠지만 가슴 아파하는 사람들의 얼굴을 보자 도저히 견딜 수가 없었다.

최강철이 블랙 먼데이에서 얻은 수익금은 1,400만 달러에 달했다.

블랙 먼데이의 여파로 곤두박질친 주가 지수는 12월 만기일에도 정상으로 회복되지 못하고 바닥을 헤매고 있었기에 무려 100%가 넘는 수익률을 올릴 수 있었다.

많은 사람이 선물 투자는 마치 수천 배 이익을 낼 수 있는 것으로 생각하는데 그건 잘못된 생각이다.

선물 투자는 제로섬 게임이기 때문에 어느 한쪽이 완전히 망가진다 해도 맥시멈 7.5배의 수익률밖에 올리지 못한다.

선물 투자의 이익 계산률은 간단하다.

자신의 원금이 1억이면 최대 7.5배까지 투자가 가능하기 때문에 10%만 먹어도 75%의 수익을 낼 수 있는 구조다.

물론 매일 벌어지는 시장에서 내일의 주가 지수를 정확히 예측하고 매도와 매수를 반복한다면 3개월 내에 수천 배의 수익률을 올릴 수 있지만 최강철은 투자 후 한 번도 시장에 참여하지 않았다.

예상하고 있었던 일이었으나 불과 3개월 만에 거액의 이익금이 통장으로 들어오자 서지영은 하얗게 얼굴이 질린 채 어쩔 줄을 몰라 했다.

황금의 손, 마이다스다. 최강철의 손은 마이다스가 지닌 기적의 손이 분명했다.

하지만 최강철은 그녀로부터 선물 투자의 결과를 보고 받으면서도 태연한 표정을 지우지 않았다.

마치 처음부터 결과를 알고 투자한 사람처럼 말이다.

"그럼 우리가 가진 돈이 전부 2,500만 달러지?"

"응, 맞아."

"돈이 돈을 벌어들이는 세상은 무섭고도 잔인하지. 블랙 먼데이로 인해 고통을 받은 사람들이 있는 반면 우리처럼 막대한 돈을 버는 사람도 있으니까. 하지만 나는 양심의 가책을 받지 않을 거야. 내가 아니라도 누군가는 그들의 눈물을 받아먹으며 웃었을 게 분명하잖아. 안 그래?"

"…그래. 강철 씨 말이 맞아."

"지영 씨, 마음 아파하지 마. 이런 게 세상이야. 나는 복싱을 하는 사람이지만 세상은 사각의 링보다 더 치열하게 돌아가. 지금 눈물을 흘리고 있는 사람들도 다른 사람들의 눈물속에서 이득을 얻었을지 몰라. 그러니까 우리 현실 그대로 받아들이자."

"알았어. 그런데 강철 씨, 이 돈 어떻게 처리할 생각이야?"

"당연히 주식에 투자해야지. 이 돈은 지영 씨가 관리하는 돈인데 전문가께서 나한테 그걸 물으면 곤란하잖아."

"지금 시장이 엉망인데 다시 주식에 투자하란 말이야? 지금은 시장 붕괴 상황이라 관망하는 것이 맞아."

"주식의 성공 비결이 뭔 줄 알아?"

"……"

최강철이 여유로운 웃음을 얼굴에 담은 채 부드럽게 묻자 서지영이 아무런 대답을 하지 못했다.

마이다스 CKC의 대표이사를 맡으며 거의 1년 반 동안 주식을 공부해 왔지만 주식의 성공 비결에 대해서는 아직까지 정확하게 정의를 내리지 못하고 있었다.

그런 와중에 최강철이 득도한 도사처럼 질문을 던지자 쉽게 입이 떨어지지 않았다.

최강철의 입이 다시 열린 것은 서지영이 의문에 가득 찬 얼굴로 그의 눈을 바라보고 있을 때였다.

"주식의 성공 비결은 위기를 기회로 잡는 거야. 지금이 바로 그런 때지. 절망 속에서 핀 꽃은 생명력이 질기고 더 화려하게 피는 법이야."

"아… 그래도 시장 상황을 더 살피다가……"

"지영 씨, 내 말대로 해. 좋은 주식을 사서 장기 투자를 하면 실패할 일이 없을 거야."

"좋은 주식 어떤 거?"

"코카콜라, 나이키, 버크셔 해서웨이, GE, IBM에 투자해. 분산률은 버크셔 해서웨이 50%, 나머지는 12.5%."

"보유한 자금 전부 다?"

"아니, 500만 달러는 여유 자금으로 남겨두고 2,000만 달러만 투자해."

"지금 당장?"

"응, 기회는 기다리는 사람의 것이 아니거든."

최강철은 데이트 삼아 서지영과 함께 주식을 매수하며 시간을 보냈다.

온 천지에 주식들의 시체가 산더미처럼 쌓여 있었다.

주가 지수는 20% 정도가 떨어졌지만 상당수의 주식들이 50% 이상 곤두박질쳐 있는 상태였다.

최강철이 고른 주식들은 낙폭이 큰 주식들을 상대로 선택한 것이었다.

특히 버크서 해서웨이는 투자 전문 회사란 특성으로 인해 낙폭률이 무려 60%에 달했기 때문에 1,000만 달러를 과감하게 투자했다.

나중, 세계에서 가장 비싼 주식으로 주당 30만 달러가 넘으며 황제 대접을 받은 버크서 해서웨이의 주식을 주당 1,100달러에 주워 담았으니 이건 거의 횡재를 한 것이나 다름없었다.

나머지 주식들도 마찬가지다. 나이키는 0.7달러에 불과했으나 나중에는 100달러가 훌쩍 넘게 되고 코카콜라도 그와 비슷한 폭등세를 보여줄 것이다.

물론 시간을 필요로 하겠지만 걱정하지는 않는다. 시간은 최강철의 편이기 때문이다.

최강철이 집으로 돌아오자 윤성호와 이성일이 가자미눈을 한 채 그를 째려봤다.

"너 바람났어? 왜 그렇게 맨날 빨빨거리며 돌아다녀?"

"무슨 일 있어요?"

"인마, 지금이 몇 시냐? 너무 늦으니까 그렇지. 외로움에 떠는 우리 남겨놓고 혼자서 데이트하고 다니니까 좋냐?"

"관장님은 데이트할 때 시간 정해놓고 하세요? 이제 10시구만 별걸 다 가지고 트집이시네."

최강철이 째려보는 두 사람을 뒤로 밀쳐내며 성큼성큼 거실로 들어서자 마시고 있던 맥주와 안주가 눈으로 들어왔다.

"이러면서 뭐가 외로워. 이성일, 너 오늘도 관장님하고 물고기 잡으러 갔다 왔지?"

"물고기는 무슨. 세월을 낚는 거지. 외로우니까."

"어이구."

뻔뻔한 얼굴로 대답하는 그를 보며 최강철이 맥주병을 들어 올려 뚜껑을 땄다.

그러자 두 사람이 히죽거리며 그 옆에 자리를 잡고 최강철을 바라보았다.

"그런데 요즘 뭐가 그리 바쁜 거냐?"

"돈 버느라 바쁩니다."

"복싱 하는 놈이 잘하는 짓이다."

"투자하라고 그렇게 말해도 시큰둥하면서 그런 건 왜 물어요?"

"궁금해서 그렇지… 우리 인혜 씨가 그러던데 요즘 사업이 잘된다며?"

"투자한 게 수익이 나기 시작했어요. 내가 황금 손이거든요. 왜요, 투자할 생각 있어요?"

"흐흐… 난 있는 돈 털어서 한국에 땅 샀다. 아부지가 나중에 장가갈 때를 대비해서 고향에다 2만 평이나 샀단다. 집도 궁궐처럼 크게 지었고. 요즘 우리 부모님이 효자 뒀다며 호강한다며 동네 사람들한테 내 자랑을 하시느라 정신이 없단다."

"고향이 어딘데요?"

"남원."

"으악, 거기다 왜… 나한테 물어보지도 않고 왜 그런 바보 같은 짓을 해요! 아, 미치겠네."

"너 우리 부모님한테 바보라고 한 거야?"

"아니, 그게 아니고요……"

윤성호가 째려보는 것을 확인한 최강철이 말을 잇지 못하고 한숨을 길게 내리 쉬었다.

참, 미치고 펄쩍 뛸 일이다.

미리 알았더라면 어떻게 하든 막았겠지만 이젠 너무 늦어 물릴 수도 없을 것이다.

그랬기에 그의 시선이 급하게 이성일 쪽으로 향했다.

"넌?"

"난 알뜰한 사람이야. 아부지 집 사드리고 나머지는 통장에 고이 모셔놓았다. 잘했지?"

"그나마 네가 낫다."

"그럼 내가 누군데 관장님하고 비교를 해. 자존심 상하게."

"시끄럽고. 그거 가지고 땅이나 사. 양재나 판교 쪽에. 내 말 무슨 뜻인지 알겠어?"

"야, 그런 변두리에 왜 땅을 사? 싫다."

"이 자식아. 좀 사라면 사라."

"싫다니까!"

"나 좀 살려주는 셈치고 사면 안 되겠니. 내가 여자 친구 소개시켜 줄게. 응, 성일아."

"하아, 그 자식 참. 곤란하게 만드네. 알았어. 여자 친구 소개시켜 주면 생각해 볼게."

제25장
나의 길 I

최강철은 짐을 싸면서 윤성호와 이성일을 바라봤다.

두 사람 역시 정신없이 짐을 싸고 있었는데 부모님과 형제들에게 줄 선물들이 산더미처럼 쌓여 있었다.

공항 면세점에서 사면 된다고 아무리 말해도 그들은 들은 체하지 않았다.

한국에 가자는 말을 처음 했을 때 두 사람은 최강철을 바라보며 오직 두 눈만 끔벅거렸다.

믿겨지지 않았기 때문이다.

럼블 측에서는 4월에 방어전을 잡아놨는데 누나 결혼 때문에 갑자기 서울에 다녀오자는 말을 하자 입이 떠억 벌어졌다.

결혼식 때문에 가야 한다는데 반대를 하기도 그렇고, 시합을 앞두고 있으니 찬성을 하면서 펄쩍펄쩍 좋아할 일도 아니었다.

그럼에도 그들은 귀국이 결정되자 그때부터 정신없이 뉴욕 시내를 들락거렸다.

도전자가 그리 강한 상대가 아니었고 다녀와서 훈련해도 충분하다는 최강철의 설득에 금방 넘어갔기 때문이다.

"다 쌌어요?"

"거의 다 했다. 그런데 넌 무슨 짐이 그렇게 간단해?"

"하하… 그래도 명색이 챔피언인데 짐 보따리 잔뜩 들고 돌아다니면 창피하잖아요."

"선물은?"

"관장님, 선물은 말이죠. 작고 비싼 거로 하는 겁니다. 그렇게 덩치만 크면 받은 사람이 안 좋아해요."

"얼씨구, 그래서 넌 작고 비싼 거로 샀냐?"

"그럼요. 보석 덩어리만 잔뜩 실어놨습니다."

"웃기고 있네."

"자, 이제 다 쌌으면 출발하시죠. 성일아, 가방 터지겠다. 이 자식아, 옷이나 이런 건 조금 빼!"

"이거 다 미제야. 서울에서는 전부 다 수입품이란 뜻이지.

크크… 서울 가서 패셔너블하게 입고 돌아댕길 거니까 나 말리지 마."

"패션 좋아하고 있네. 네 마음대로 해도 좋은데 나보고 들어달라는 소리는 절대 하지 마. 그땐 콱 죽여 버릴 거야."

최강철은 슈퍼스타다.

비록 복싱 팬들에게 절대 지지를 받고 있는 WBA나 WBC가 아니라 IBF챔피언이었지만 인기로 따진다면 그쪽 챔피언들보다 비교할 수 없을 정도로 폭발력 있는 챔피언이었다.

그랬기에 럼블 측에서는 최강철을 신줏단지 모시듯 하면서 철저하게 관리했다.

일행이 공항으로 향할 때 톰슨이 직접 나와 경호원들을 배치해서 안전하게 출국할 수 있도록 조치한 것을 보면 그의 중요성이 얼마나 큰지 알 수 있었다.

최강철이 공항에 나타나자 그를 알아본 복싱 팬들이 벌 떼처럼 몰려들었다.

아니다, 팬들뿐만 아니라 기자들까지 몰려들었기 때문에 비행기 시간에 맞춰 최대한 늦게 들어갔는데도 공항이 금방 난장판으로 변해 버렸다.

그러니까 왜 짐을 바리바리 싸서 그 고생이야.

윤성호와 이성일은 몰려드는 사람들과 짐 사이에서 갈팡질

팡하면서 정신을 차리지 못했다.

간단한 인터뷰를 마치고 출국 게이트를 통과했으나 거기서
도 그를 알아본 사람들이 벌 떼처럼 달려왔기에 면세점에서
선물을 추가로 사려던 계획은 수포로 돌아가고 말았다.

평온은 비행기에 몸을 실은 후에 간신히 찾아왔지만 완벽
한 건 아니었다.

비행기가 대한항공이었기 때문인지 최강철이 나타나자 승
무원은 물론이고 승객들까지 환호성을 지르며 반겼는데 그들
은 마치 전쟁터의 영웅처럼 그를 대했다.

참, 인생 역전이다.

갈 때는 이코노미에서 몸을 구겨가며 고생스럽게 갔는데
돌아갈 때는 비즈니스석을 타고 편하게 돌아가고 있으니 출세
했다는 게 몸으로 실감 났다.

"강철아, 그거 버튼 눌러봐. 이거 의자가 젖혀져."

"조용히 좀 해, 촌놈아."

이성일이 의자의 이것저것을 만지며 떠들어대자 최강철이
한심하다는 듯 혀를 찼다.

이놈은 태어날 때부터 고상하고는 거리가 먼 놈이다.

아름다운 스튜어디스가 통로를 따라 다가온 것은 비행기가
이륙해서 고도를 확보한 후였다.

"뭐 마실 것 좀 드릴까요?"

"뭐가 있죠?"

"음료수가 있고 와인이나 술도 있어요."

"그럼 와인 한 잔 주세요."

"예, 그런데 저… 사인 한 장 해주시면 안 돼요?"

부탁을 해오는 그녀의 얼굴이 발갛게 달아올라 있었다.

승객들에게 개인적인 부탁을 하지 못하도록 교육받았을 텐데도 그녀는 용기를 내어 최강철을 향해 간절한 시선을 보내왔다.

부드럽게 웃어준 후 그녀가 내민 노트를 받아 들었다.

"혹시 이 노트, 일기장입니까?"

"아뇨… 일기장은 아니고… 그냥 생각날 때마다."

"알겠네요. 저도 그러거든요. 그런데 이름이 뭐죠?"

"강소연입니다."

최강철은 거침없이 사인을 한 후 마지막에 그녀의 이름을 함께 적었다.

이왕 서비스를 하려면 기억이 남은 수 있도록 화끈하게 해주는 것이 좋겠다는 생각이 들었다.

그녀가 돌아가자 옆에 있던 이성일이 불쑥 입을 열었다.

"강철아, 오랜만에 한국 사람들을 보니까 감회가 새롭지 않냐?"

"그러네. 우리나라 말이 참 정겨워."

"하아, 5년 만이야. 정말 시간 빠르게 지나갔다."

"인마, 네가 정색을 하니까 이상하잖아. 표정 풀어, 철학자처럼 그러고 있으면 불안하다고."

"흐흐… 그런가?"

"네 매력은 푼수처럼 떠들 때 빛난다. 그러니까 절대 그런 표정 짓지 마."

"관장님은 벌써 자네. 어제부터 집에 돌아간다고 좋아하더니 피곤했나 봐."

"넌 안 피곤해?"

"피곤하다기보다는 가슴이 마구 뛰어. 부모님과 가족들을 볼 생각하니까 너무 설렌다."

"혹시 관장님, 인혜 누나 관련해서 뭐라고 안 하디?"

"능구렁이라서 말을 잘 안 해. 뭔가 사정이 있는 것 같긴 한데 말을 안 하니 알 수가 있어야지."

"벌써 사귄 지 오래됐는데 왜 결혼을 안 하는 거야?"

"몇 번 물어봤다가 신경질 부려서 더 이상 안 물어본다. 나이가 한두 개냐. 관장님이 알아서 하겠지."

"야, 이놈들아. 사람 옆에 두고 뒷담화 까는 거 아니다. 이 것들이 틈만 나면 내 욕을 해서 잠도 제대로 못 자겠네."

어느새 눈을 감고 있던 윤 관장이 가자미눈으로 째려보고 있었다.

그는 그 자세 그대로 눈만 옆으로 뜬 채 두 사람을 보고 있었는데 입술 끝이 슬쩍 올라가 있었다.

최강철이 입을 연 것은 그가 다시 눈을 감았을 때였다.

"잠귀 밝으시네. 관장님, 우리 솔직하게 말해봅시다. 인혜 누나, 어쩔 겁니까?"

"뭘?"

"프러포즈 안 할 거냐고요?"

"프러포즈는 무슨……."

"혹시 했다가 차인 건 아니죠? 아니지… 그럴 리는 없는데?"

"잠이나 자라. 우리 일은 나중에 이야기해 줄게, 이 오지랖 넓은 놈아."

오랜 비행을 끝내고 기내 방송을 통해 곧 착륙한다는 소리가 들리자 최강철이 창가로 시선을 돌렸다.

옆에 있던 이성일이 튀어 와서 얼굴을 옆으로 내민 것도 그때였다.

"강철아, 서울이다!"

"서울이 저렇게 예뻤나?"

"정말 예쁘네. 오늘따라 햇살도 좋아서 마치 그림처럼 보인다. 아… 부모님이 나오신다고 했는데 그동안 잘 계셨는지 모르겠어."

이성일이 말끝을 흐리자 최강철이 창밖을 바라보면서 부모님의 얼굴을 떠올렸다.

자신을 보내면서 손을 흔들던 어머니의 슬픔과 아버지의 걱정 어린 시선이 생각나 가슴이 먹먹해졌다.

이제 조금 있으면 그분들을 만나게 된다는 생각이 들자 이성일의 말처럼 엉덩이가 들썩일 정도의 그리움이 올라왔다.

얼마나 보고 싶었던가.

치열한 전쟁을 치르며 5년이란 긴 시간 동안 미국에서 보낸 것은 모두 전생처럼 비참한 삶을 살지 않겠다는 다짐으로 인해서였다.

그 긴 시간 동안 하루도 부모님을 잊은 적이 없었다.

훈련 기간 동안 서지영을 보고 싶어 했던 것과는 전혀 다른 그리움이었고 슬픔이었다.

드디어 착륙한 후 비행기에서 내려 출국 게이트를 향할 때 공항 직원이 급하게 다가왔다.

"최강철 선수, 이쪽으로 모시겠습니다."

"어디로 말입니까?"

"윗선에서 최강철 선수를 특별하게 모시라는 지시가 내려왔습니다. 저를 따라오시면 간단한 입국 심사만 마치시고 나가실 수 있습니다."

"아, 고맙습니다."

VIP 대접을 해주겠다는 뜻이다.

공항에 도착해서 사람들 속에 섞이면 고생깨나 하겠다는 걱정을 하고 있었는데 이런 대우를 해주겠다니 다행이란 생각이 들었다.

하지만 VIP용 게이트를 통과해서 빠져나온 건 그리 커다란 효과를 발휘하지 못했다.

어떻게 알았는지 수많은 기자가 그가 나오는 경로에 진을 친 채 기다리고 있었기 때문이다.

하아.

신문 기자들만 있는 게 아니라 텔레비전 방송국까지 가세해서 대형 카메라가 곳곳에 설치되어 있었고 리포터들이 그의 입국을 생중계하는 중이었다.

"지금 최강철 선수가 게이트를 통해 나오고 있습니다. 김포 공항에는 그를 맞이하기 위해 수많은 인파가 몰려들어 인산인해를 이루고 있으며……."

어쩔 수 없이 포토 라인에 섰다.

럼블 측에서 공항 쪽에 경호원들을 배치했으나 그냥 빠져나가기에는 터무니없을 정도로 많은 기자와 팬들이 몰려 있었다.

거의 1시간 가까이 인터뷰를 하면서 기자들의 질문에 대답을 한 후에야 겨우 몸을 빼낼 수 있었다.

이런 상황에서 가족들을 만난다는 것은 불가능한 일이었기에 최강철은 경호원들의 호위를 받으며 급히 승용차에 몸을 실을 수밖에 없었다.

"아이고, 강철아!"

집으로 돌아와 한참을 기다린 끝에 공항으로 나갔다가 뒤늦게 돌아온 가족들이 들이닥쳤다.

어머니는 그를 보자마자 달려들어 가슴에 끌어당겼는데 눈물을 펑펑 쏟아내셨다.

따뜻하다.

그 누구의 품보다 어머니의 가슴은 따뜻하고 넓었다.

"엄마, 어디 봐요. 어디 아픈 데는 없죠?"

"이 무심한 놈아, 얼마나… 보고 싶었는데……. 얼매나……."

한참을 안고 있었다.

어머니의 격정을 단박에 떼놓기에는 그 속에 들어 있는 그리움과 기쁨이 너무나 컸다.

그랬기에 어머니를 안은 채 가족들을 바라보았다.

아버지는 웃고 계셨지만 울고 계신 것처럼 보였고, 누나들은 오랜만에 만난 동생을 향해 함박웃음을 보여주고 있었다.

"오느라고 고생했다."

"예, 아버지."

5년이란 시간 동안 아버지의 얼굴에 자리 잡고 있던 주름살이 훨씬 더 많아졌다.

가슴이 아팠으나 눈물을 보이지 않으려 애썼다.

청초했던 누나들은 이제 시집갈 나이가 되어 그를 반겨주고 있었는데 예전에 비해 훨씬 성숙하게 느껴졌다.

5년이란 시간은 많은 것을 변하게 만들어 버렸구나.

집으로 들어와 부모님께 큰절을 올리는 순간, 참고 참았던 격정이 터지며 눈물이 왈칵 새어 나왔다.

그동안의 외로움과 고생이 부모님의 얼굴을 뵙게 되자 봇물처럼 터져 버린 것이다.

부모님은 아무 말씀도 하지 않은 채 바닥에 엎드려서 울고 있는 아들의 등을 그저 두들겨 주시기만 했다.

어떤 말로도 아들의 눈물을 막지 못한다는 걸 잘 알기 때문이다.

눈물은 오래 가지 않았다.

잠시 격정으로 인해 눈물을 보였지만 지금은 해후의 기쁨을 나눠야 하는 자리였지 슬퍼할 자리가 아니었다.

주섬주섬 가방에서 준비해 온 선물을 꺼내 들었다.

준비했던 시계를 꺼내 앞으로 내밀자 아버지의 표정이 급하게 변했다.

한눈에 봐도 비싸 보였기 때문이다.

"이거 비싼 거 아니냐?"

"그렇게 비싸지는 않아요. 얼마 안 하는 거니까 차고 다니세요."

"어디 거여?"

"스위스에서 만든 롤렉스란 시계예요. 두 분이서 같이 차고 다니시라고 한 쌍을 가져왔으니까 꼭 차고 다니세요."

"아무래도 비싸 보이는데……"

최우용이 시계를 이리저리 만져가며 중얼거렸으나 최강철은 더 이상 아무 말도 하지 않았다.

사실을 말해준다면 아버지와 어머니는 이 시계를 장롱 속에 숨겨놓고 절대 꺼내지 않으실 테니 말이다.

누나들에게는 미리 준비해 온 핸드백을 선물했다.

예쁜 가방이 나오자 눈을 동그랗게 뜨고 있던 최강숙이 자리에서 거의 반 자나 튀어 올랐다.

"어머, 너무 예쁘다!"

"마음에 들어?"

"이렇게 예쁜데 어떻게 마음에 안 들어? 너무나 좋아. 강철아, 고마워."

"너 돈 많이 썼겠다. 이거 비싼 거 아니니?"

"응, 비싼 거야."

막내 누나에 이어 이번에 결혼하는 둘째 누나까지 나서자 최강철이 빙그레 웃었다.

부모님들에게는 함부로 말할 수 없었지만 누나들에게는 사실대로 말해주고 싶었다.

"얼만데?"

"우리나라 돈으로 50만 원 줬어."

"허억, 정말이야? 아니… 이게 뭔데 그렇게 비싸!"

누나들이 최강철의 말에 기절하겠다는 표정을 지었다.

그녀들의 월급이 겨우 30만 원에 불과했는데 핸드백 가격이 50만 원이란 말을 듣게 되자 두 눈이 튀어나올 지경이었다.

"내 여자 친구가 그러는데 그게 여자들이 가장 가지고 싶어하는 가방이래."

"그러니까 어떤 거길래 가방 하나에 50만 원이나 해!"

"샤넬이야."

"샤넬!"

아마도 누나들은 처음 들어봤을지 모른다.

시장에서 파는 천 원짜리 가방만 들고 다녔던 그녀들이 어찌 세계적인 명품 가방 샤넬을 알겠는가.

그럼에도 최강철은 즐거웠다.

핸드백을 품에 안은 채 어쩔 줄 몰라 하는 누나들의 모습에서 행복을 발견했기 때문이다.

*   *   *

집에는 성공한 자식이 하나만 있어도 가세가 바뀌게 된다.

최강철은 부모님께 집을 사드린 것에 이어 2년 전 큰형에게 구미에 있는 아파트를 선물했고 큰누나에게도 괜찮은 아파트를 사줬다.

이번에 시집을 가는 둘째 누나의 신혼살림과 아파트를 장만해 준 것도 바로 그였다.

번 돈을 아낄 생각은 전혀 없었다.

다시 사는 삶에서 가족들을 위해 최선을 다하겠다는 마음가짐이 절실했기에 최강철은 틈이 날 때마다 가족들을 돌봤다.

사람의 인연은 질겨서 둘째 누나의 남편은 바뀌지 않고 옛날 그대로의 모습으로 나타났다.

반가웠다.

술을 좋아해서 그렇지 더없이 착해서 둘째 누나를 행복하게 만들어준 매형은 동사무소에 다니는 공무원이었다.

오랜만에 만난 가족들의 얼굴에는 웃음이 넘쳐흘렀다.

가족들을 힘들게 만들었던 가난이 최강철로 인해 벗겨지자 그들의 얼굴에는 시름이 걷혔고 대신 햇살 같은 미소가 가득 찼다.

둘째 형이 없다.

장기 하사관으로 군 복무를 하고 있었기 때문인데 최근 발령된 비상으로 인해 휴가조차 나오지 못했다고 한다.

최강철이 철원을 찾아간 것은 둘째 누나의 결혼식을 3일 앞두고 있을 때였다.

면회를 신청하고 한참을 기다리자 멀리서 둘째 형이 뛰어오는 게 보였다.

"형, 오랜만이네."

"우하하… 최강철. 세계 챔피언 내 동생 맞지?"

"왜 이래, 쑥스럽게."

커다랗게 떠드는 최강덕의 고함 소리에 고개를 휘휘 내저었다.

둘째 형은 여전하다.

사람의 시선을 전혀 안중에 두지 않았고 진중하지 못한 성격을 고치지 못한 게 눈으로 보였다.

형의 목소리에 주변에 있던 사람들의 시선이 단박에 몰렸으나 최강철은 그들에게 시선을 돌리지 않고 형의 팔을 끌어냈다.

"비상이라도 잠시 나갈 수 있지. 집이 어디야?"

"왜?"

"형네 집 좀 구경하자."

"돼지우리 구경해서 뭐 하게. 사는 꼴이 엉망이라서 볼 것도 없어."

"그래도 가. 어떻게 사는지 봐야겠어."

무작정 앞장섰다.

외출을 끊을 필요도 없었다.

둘째 형이 사는 곳은 부대에서 불과 100m밖에 떨어지지 않았다는 기억이 떠올랐다.

다 쓰러져 가는 기와집 앞에서 형의 발걸음이 멈췄을 때 깊은 한숨이 새어 나왔다.

그래, 여기다.

그가 전생에 아버지와 함께 형을 면회 왔을 때 본 곳이 여기였다.

문을 열고 들어서자 어떤 여자가 눈곱을 떼면서 일어나는 것이 보였다.

그 모습을 보면서 최강철은 묵묵히 여자의 움직임을 지켜보았다.

전생에 형수라 불리었던 여자다.

둘째 형의 삶이 완전하게 망가진 것은 이 여자의 영향이 가장 컸다.

게으르고 욕심이 많았으며 성격도 엉망이라 가족들과의 관계를 모두 해쳐서 결국은 최악의 상황까지 몰고 간 사람이었다.

방은 엉망이었다.

불과 5평밖에 되지 않은 방은 이불이 그대로 깔려 있었고 옷가지와 먹다 남은 음식 찌꺼기가 여기저기 널려 있었다.

"방 좀 치우라니까!"

둘째 형이 소리를 지르자 여자가 잠깐 눈을 치켜뜨더니 최강철을 확인하고 슬금슬금 이불을 한쪽으로 치웠다.

여자는 아직도 최강철이 누군지 모른다.

형은 1년 전부터 정식으로 결혼을 하지 않은 상태에서 동거를 시작했기 때문에 인사를 한 적도 없었다.

"인사해. 내 동생이야. 세계 챔피언!"

"안녕하세요."

형은 이 사람의 어디가 좋았던 걸까.

군에 있으면서 외로움에 시달려 어쩔 수 없이 만났다면 모를까, 여자로서의 매력을 찾아볼 수가 없었다.

뚱뚱한 몸매, 뺑덕어멈처럼 얼굴 여기저기에 난 여드름 자국, 심술이 덕지덕지 담겨 있는 입술. 모든 것이 마땅치 않았다.

그녀가 타 온 커피를 마시며 오랜만에 만난 형과 이 얘기저 얘기를 나누며 시간을 보냈다.

형은 얼마 안 있으면 제대를 하겠다고 한다.

너무 힘들고 괴로워서 도저히 못 견디겠다며 사회에 나가 일자리를 알아보겠다는 것이었다.

아무 말도 하지 않았다.

배운 것도 없었고 특별한 기술조차 없는 형이 사회에 나가 자리를 잡기에는 많은 고난이 닥칠 것이다.

그럼에도 최강철은 집안 이야기를 전해주다가 자리에서 일어났다.

"형, 비상이라며. 너무 오래 자리 비우면 안 되니까 그만 들어가 봐."

"애들이 나 여기 있는 줄 아니까 괜찮아. 무슨 일 있으면 부르러 올 거야."

"그래도 들어가. 군인이 자리를 비우면 되겠어? 나도 바빠서 이제 가봐야 해. 날 기다리는 사람들이 많거든."

"어, 그래? 그래서 지금 갈 거야?"

"응."

"어이, 참. 여기까지 왔는데 형제끼리 소주도 한잔 못 하고 아쉽네. 오랜만에 봤는데 이대로 헤어지면 너무 서운한 거 아니냐?"

"곧 다시 볼 텐데, 뭐."

"하긴 챔피언이 오죽 바쁘겠어. 알았다. 바쁘다고 하니까 일 어서자."

배웅하겠다는 형을 억지로 떼어내 부대로 돌려보냈다.

가는 척하다가 다시 되돌아온 건 형의 모습이 보이지 않았 을 때였다.

문을 열고 들어서자 그녀가 하품을 길게 하면서 다시 이불 속으로 파고드는 게 보였다.

"잠깐 저와 이야기 좀 하실까요?"

"무슨… 말씀을……."

여자가 당황해하는 모습을 보면서 자리에 털썩 주저앉았다.

그런 후 곧바로 눈빛을 세우며 그녀를 묵묵히 바라보다가 불쑥 입을 열었다.

"형이 좋습니까?"

"예?"

"형이 좋냐고 물었습니다."

"좋으니까… 같이 살죠. 그런데 왜 그런 질문을 하시는 거 죠?"

"금방 말한 것처럼 형은 제대를 할 겁니다. 그러면 사회에 나가 엄청난 고생을 하게 될 거예요. 형은 아무런 기술도 없 고 성격도 진중하지 못해서 직업을 찾기 어려울 테니까요. 그 렇게 되면 사는 게 힘들어질 텐데 견딜 수 있겠어요?"

"그건… 전 반대하고 있어요. 군에서 편하게 살 수 있는데 뭐 하러 제대를 해요?"

"이렇게 계속 살고 싶어요?"

"난 좋아요. 일단 먹고사는 걱정이 없잖아요. 매달 꼬박꼬박 월급이 나오니까 군대처럼 좋은 직장도 없어요."

"휴우……."

한숨이 흘러나왔다.

기생충이 따로 없다. 못난 형에 들러붙어 고혈을 빨아먹고 있으니 이 여자는 염치조차 없는 기생충이다.

그럼에도 최강철은 긴 한숨을 끊어내고 품속으로 손을 집어넣었다.

"여기 이 통장에 2천만 원이 들어 있습니다. 확인해 보시죠."

"이걸 왜……."

그녀의 손이 바쁘게 움직였다.

무슨 뜻으로 통장을 내놨는지 물어보지도 않은 채 그녀의 탐욕스러운 눈은 벌써 통장에 찍힌 돈을 확인하고 있었다.

"그 통장은 제 이름으로 되어 있습니다. 하지만 도장이 들어 있으니까 언제든지 빼서 쓸 수 있어요. 제가 한 가지 제안을 하겠습니다. 지금 당장 짐을 싸서 이곳을 나간다면 이 돈은 당신 것이 될 겁니다. 다시는 형을 찾지 않겠다는 조건이죠. 어때요, 그렇게 할 수 있겠습니까?"

"형이 나를 다시 찾으면요? 내가 안 찾더라도 형이 나를 찾아올 텐데요?"

"그래서 이 돈을 드리는 거 아니겠어요? 형이 찾든 당신이 찾든 두 사람이 다시 만나게 된다면 이 돈은 회수될 겁니다. 나는 경찰에 당신이 도둑질을 해서 제 통장과 도장을 훔쳐갔다고 말할 거예요. 그렇게 되면 아마 오랜 기간을 유치장에서 지내게 되겠죠."

"아……."

"결정하세요. 짐을 싸서 이 돈을 가지고 떠나든가 아니면 이 돼지우리 같은 곳에서 평생을 사시든가 결정하세요. 저는 당신이 어떤 결정을 내려도 받아들이겠습니다."

"정말 떠나기만 하면 되는 거죠? 나중에 딴소리 하지 않을 거죠?"

"물론입니다. 세계 챔피언이란 제 명예를 걸고 약속하겠습니다."

"알았어요. 그럼… 갈게요."

그녀가 통장을 가슴에 품더니 부랴부랴 가방을 꺼내서 옷가지를 챙기기 시작했다.

그토록 게을렀던 여자의 몸놀림이 눈부시도록 빨랐다.

먼저 방을 빠져나와 그녀가 나오기를 기다렸다.

그녀는 떠날 것이다.

형의 월급은 35만 원에 불과했으니 2천만 원은 거의 5년 치 월급이다. 웬만한 시골에서는 번듯한 집을 살 수 있을 정도로 큰돈에 욕심 많은 그녀의 눈이 희번덕거리며 뒤집어지는 게 보였다.

사람의 인연은 무서운 것이라 가급적 관여하지 않으려 했지만 이 여자만은 안 된다.

이것으로 인해 형의 인생이 어떻게 변할지 알 수 없으나 그녀만 아니라면 훨씬 나은 삶을 살 수 있게 될 것이다.

부랴부랴 도망치듯 떠나는 그녀의 뒷모습을 보면서 긴 한숨이 흘러나왔다.

이 정도밖에 되지 않는 인연으로 그렇게 많은 슬픔이 찾아왔었단 말인가.

그녀로 인해 울부짖던 어머니의 눈물, 그리고 아버지의 절망, 둘째 형의 비참한 죽음.

이 악연을 여기서 끊을 수만 있다면 이보다 더한 짓이라도 할 수 있다.

*　　　　　*　　　　　*

누나의 결혼식은 성황리에 치러졌다.

가까운 친지들이 참석했고 복싱 관계자들과 기자들, 심지어 지역구 국회의원과 정치인들까지 몰려왔기 때문에 식장이 미어터질 지경이었다.

신랑, 신부로 인해 참석한 하객보다 최강철을 보기 위해 몰려든 사람들의 숫자가 배는 많았다.

지역구 국회의원인 민정당의 김정수가 보좌관들을 옆에 끼고 다가온 것은 식이 무사히 끝나고 가족사진까지 찍고 난 후였다.

그들은 거드름이 덕지덕지 묻어 있는 얼굴로 최강철을 향해 웃으며 다가왔는데 먼저 알은척해 주기를 바라는 것 같았다.

권위 의식이 철저하게 몸에 밴 자들이었다.

모른 체했다.

미리 어떤 놈이 와서 국회의원이 나중에 찾아올 거라 언질을 했지만 머릿속에서 지운 지 오래였다.

"안녕하신가. 반갑소. 나는 영등포 국회의원 김정수요."

"아, 예."

"잠깐 이야기를 나눌 수 있겠소?"

"그러시죠."

그냥 무시하고 싶었으나 옆에 서 있던 보좌관들이 둘러싸듯 위압적으로 다가왔기 때문에 할 수 없이 고개를 끄덕였다.

이런 자들에게 두려움을 가졌기 때문이 아니다.

괜한 소란을 피워 누나의 결혼식을 망치는 게 싫었을 뿐이다.

그들이 이끄는 대로 가까운 커피숍으로 들어가 자리를 잡자 김정수가 여유 있게 말을 꺼내기 시작했다.

"최강철 선수는 국민들의 영웅입니다. 나는 최 선수가 국민들의 사기를 올려준 것에 대해서 깊은 감사를 느끼고 있소."

"저는 제 할 일만 했을 뿐입니다."

"아닙니다, 아니에요. 우리 민정당은 수권정당으로서 국민들이 행복하게 살기를 바라고 있습니다. 그런 와중에 최강철 선수 같은 걸출한 영웅이 나타나 국민들을 행복하게 만들어 주었으니 얼마나 고마운 일이오."

"그렇게 말씀해 주시니 감사합니다."

"그래서⋯ 말인데. 나는 며칠 있다가 영등포 지역 주민들에게 의원 보고회를 개최할 예정입니다. 거기에 최강철 선수가 참석해 주면 좋겠어요. 최 선수가 참석해 주면 지역 주민들이 무척 좋아할 텐데 물론 가능하시겠지?"

이런 신발 끈을 봤나.

어쩐지 보좌관을 잔뜩 데리고 온 것이 이상했다.

이자는 자신을 이용해서 금년 4월에 벌어지는 총선에 써먹고 싶었던 모양이다.

내가 어리다고 우습게 본 건가?

하긴 그럴 수도 있겠다. 세상 물정 모르는 복싱 선수라고 판단했을 테니 영웅 어쩌고 칭찬 몇 마디 해주면 발딱 넘어올 거라 생각했을지도 모른다.

하지만 그건 네 생각이고…….

"죄송합니다만 저는 그런 데 참석하지 않습니다."

"그게 무슨 소리요?"

"저는 복싱 선수지 정치인이 아닙니다. 정치는 정치하시는 분들이 하셔야죠. 저 같은 복싱 선수가 뭐 하러 의원 보고회장에 간단 말입니까?"

"최 선수는 영등포 출신이잖소? 그러니까 지역 주민들에게 인사를 하는 게 당연한 거 아니겠소?"

"인사는 의원님이 하십시오. 저는 복싱이나 열심히 하겠습니다."

"아니, 그게, 최 선수, 그러지 말고 갑시다. 나를 도와주면 내가 나중에 크게 보답하겠소."

"보답 같은 건 필요 없습니다. 자, 그럼… 더 용무가 없으면 전 바빠서 먼저 일어나겠습니다."

계속 보면 토가 나올 것 같은 상판대기를 보고 싶지 않았기에 자리에서 벌떡 일어났다.

그러자 옆에 서서 대화를 듣고 있던 놈 중의 하나가 그의 어깨를 찍어 누르며 앞으로 나섰다.

이 자식의 상판대기는 기름기가 좔좔 흐르는 김정수와 다른 분위기를 가지고 있었다.

아까부터 콧구멍에서 뜨거운 기운을 쏟아냈기 때문에 신경이 거슬렸는데 딱 봐도 주먹으로 먹고사는 놈이란 느낌이 들었다.

정치인이 주먹을 쓰는 놈을 데리고 다녀?

"이봐, 최강철. 좋은 말로 할 때 듣지그래. 어디서 감히 현역 국회의원님 앞에서 먼저 일어나겠다는 거야? 죽고 싶어!"

"아, 이 사람아. 살살해. 세계 챔피언을 그렇게 다루면 되겠어?"

얼씨구, 놀고들 있다.

한 놈은 위협을 하고 한 놈은 어르고 있으니 저절로 웃음이 나왔다.

자신의 어깨를 짓누르는 놈의 손을 가볍게 털어내면서 하얀 이를 드러냈다.

이 개새끼들은 내가 아직도 누군지 실감하지 못하는 모양이다.

"주먹깨나 쓴 모양인데 다시 한번 내 몸에 손대면 죽어. 믿지 못하겠으면 시험해 봐도 좋아."

"아니, 이 씨발 놈이……."

덩치가 쌍욕을 했지만 이미 기가 죽었다.

최강철의 눈에서 시퍼런 불꽃이 피어오르며 놈에게 공포를 심어주었기 때문이다.

아무리 건달이라 해도 이런 놈은 단 한 방에 지옥으로 보낼 수 있다.

최강철의 고개가 천천히 돌아간 것은 뒤쪽에서 김정수가 헛기침을 끙끙거리고 있을 때였다.

"국회의원 어르신, 계속 나를 협박하면 그냥 있지 않을 겁니다."

"이 봐, 그게 아니고……."

"지금 밖에는 나를 취재하기 위해 기다리는 기자들이 최소 30명은 될 겁니다. 다시 말하지만 나는 정치에 관심 없어요. 그러니까 귀찮게 하지 않았으면 좋겠습니다. 계속 협박한다면 밖에 있는 기자들에게 전부 까발릴 테니까 내일 아침 뉴스에 얼굴이 대문짝만 하게 나올 겁니다. 그래도 괜찮다면 계속해 보시고."

총선이 3개월 앞으로 다가왔다더니 우습게도 여러 정당에서 찾아와 선거를 도와달라는 부탁을 했다.

출마 후보자와 사진을 같이 찍은 다음 자신들을 지지한다는 한마디만 해달라는 요청이었다.

가차 없이 그들의 요구를 묵살해 버렸다.

현재의 정치 수준이 이렇듯 쓰레기다.

국민들에게 인기를 얻고 있는 복싱 선수를 끌어들여 자신들의 이익을 취하겠다는 발상을 하고 있으니 얼마나 저급스러운 행동이란 말인가.

정치는 정치답게.

국민들의 존경 속에서 국민들을 위해 자신을 희생할 때 진정한 정치가 시작된다는 것을 그들은 아직도 모르고 있었다.

*　　　　　*　　　　　*

나의 삶은 어떤 것인가?

행복하게 살고 싶다는 간절한 마음 때문에 루시퍼에게 영혼을 저당 잡히고 돌아왔으나 지금까지의 삶은 치열함뿐이었다.

행복의 의미.

어떤 사람은 주변 사람들과 알콩달콩 살아가며 일상의 즐거움을 행복이라 말하고 어떤 사람은 명예와 권력을 지닌 채 떵떵거리며 사는 것을 행복이라 말한다.

또 어떤 사람은 세상에서 제일가는 부자가 되어 모든 것을 마음대로 할 수 있는 게 진정한 행복이라고도 한다.

모든 것이 맞는 말이다. 하지만 그 여러 가지 의미 중에서 가장 중요한 것은 자신이 행복하다고 생각하는 마음이지 않을까.

출국 7일전.

집으로 돌아온 지 벌써 8일 지났다.

치열함에서 벗어나 부모님의 품에서 꿈결처럼 보낸 시간들이었다.

즐겁고 행복했다. 아침이면 마음껏 늦잠을 잔 후 어머니가 끓여준 김치찌개를 후후 불면서 먹었고 오후에는 이성일을 만나 서울 시내를 돌아다니며 즐거운 시간을 보냈다.

사람들은 그를 알아보지 못했다.

처음에는 모자를 눌러쓰고 다녔으나 사람들이 알아보지 못한다는 걸 안 후부터 아예 대놓고 편안하게 다녔다.

사람들은 텔레비전 안에서 무차별적으로 적을 때려눕히는 영웅의 모습만 기억할 뿐 일상에서의 최강철을 기억하지 못했다.

어쩌면 당연한 일이다.

그의 경기가 중계방송된 건 불과 3차례밖에 되지 않았고 복싱 경기 이외에는 거의 노출되지 않았으니 알아본다는 게 오히려 이상한 일이다.

종로에 나가 젊은이들의 거리로 들어가 맥주를 마셨고 프로 야구도 구경했다.

용산에 가서 2편짜리 영화를 보다가 당구를 치면서 시간을 보냈다.

뒤늦게 본 영웅본색.

이성일은 주윤발이 주인공으로 출연한 홍콩 느와르 영화 영웅본색을 본 후 성냥개비를 물고 다녔기 때문에 그때마다 뒤통수를 얻어맞았다.

이 자식은 벌써 6개월 전에 상영된 영화 흉내를 내면서 사람을 창피하게 만들었기 때문이다.

하지만 서울에 와서 놀러 다닌 것만은 아니다.

서울에 들어온 지 9일째 되던 날, 최강철은 아침부터 이성일을 불러내어 미국에서 가져온 계획을 실천에 옮기기 시작했다.

"가자."

"어딜?"

"잔말 말고 따라오기나 해."

이성일이 의문을 나타냈으나 최강철은 무작정 지나가는 택시를 붙잡았다.

그러고는 곧장 성남으로 향했다.

최강철이 목적지를 성남으로 정하자 이성일은 의아함을 숨기지 못하고 거품을 물었다.

"야, 성남에는 왜 가?"

"심심해서."

"넌 심심하면 성남 가니? 이 자식아, 너같이 음흉한 놈이 잘도 심심해서 성남을 가겠다. 빨리 말해. 답답하게 하지 말고."

"땅 사러."

"얼씨구, 미친놈. 성남에 무슨 땅을 사러가!"

이성일이 펄쩍 뛰었다.

성남은 군사정권 시절 못사는 사람들을 이주시켜 도시를 형성한 곳으로 서울 사람들에게는 낙후의 대명사와 같은 곳이었다.

최강철이 돈 버는 재주가 뛰어나다는 건 미국에서 여러 차례 경험으로 알고 있었지만 성남에 땅을 사러 간다는 건 이해되지 않는 짓이었다.

그럼에도 최강철은 말을 던져놓고 차창밖에 시선을 던진 채 움직이지 않았다.

서울과 얼마 떨어지지 않은 곳인데도 도로가 엉망이라 꽤 많은 시간이 걸려 거의 1시간이 지나서야 성남에 도착할 수 있었다.

최강철은 성남시청 앞에서 내려 주변에서 가장 커다란 복덕방을 찾았다.

문을 열고 들어서자 50대 남자 두 명이 바둑을 두는 것이 보였다.

손님이 찾아왔어도 주인으로 보이는 사내는 눈만 들었다가 다시 바둑판에 시선을 던지며 퉁명스러운 음성으로 말을 뱉어냈다.

오랜 복덕방 세월이 손님을 알아보는 눈을 만들었기 때문이다.

그의 눈에는 아직 새파랗게 젊은 최강철과 이성일에게서 돈 냄새를 맡지 못했던 게 분명했다.

"자취방 찾아?"

"아뇨, 땅을 보러 왔습니다."

"무슨 땅?"

전혀 의외의 대답이 흘러나오자 사내의 시선이 바둑판에서 떨어졌다.

그러고는 천천히 자리에서 일어나 최강철을 향해 다가왔다.

"분당에 땅을 사려고 하는데요, 마땅한 매물이 있는지 모르겠네요."

"그것참, 아직 젊어 보이는데 땅을 사려는 이유가 뭔가?"

"아버지께서 충주에서 과수원을 크게 하시다가 이번에 서울로 올라오셨습니다."

"아… 그럼 분당에서 과수원 하시려고?"

"예, 마땅한 땅이 있을까요?"

"얼마나?"

"넓으면 넓을수록 좋습니다. 괜찮은 매물이 있으면 보여주십시오."

"그거야 땅은 넘쳐나지. 기다려 봐. 매물을 보여줄 테니까."

사내가 부지런히 책상으로 가더니 장부를 뒤지기 시작했다.

이미 그의 눈은 바둑판에서 멀어진 지 오래였다.

그가 가져온 장부에는 매물로 나온 땅들이 새까맣게 적혀 있었다.

하지만 씨알이 적다.

"언제 이렇게 가격이 올랐죠?"

"강남이 개발되면서 영향을 받아서 그런가, 땅 주인들이 말도 안 되는 가격을 부르더라고. 그런데 그 사람들도 이런 가격으로는 팔 수 없다는 거 잘 알아. 누가 이런 촌구석의 땅을 평당 2만 원이나 주고 사겠어. 매물만 골라봐. 그러면 후려쳐서 살 수 있을 테니까."

씨익 웃는 그의 얼굴에 조급함이 담겨 있었다.

분당신도시계획은 89년 4월에 발표되었고 지금은 아예 논의조차 되지 않을 때였으니 그의 말대로 분당에 땅을 사려는 사람은 거의 없는 실정이었다.

따라서 그에게는 땅을 사려는 최강철이 노다지나 다름없었을 것이다.

"아저씨, 저는 작은 매물에는 관심 없습니다. 면적이 큰 놈으로만 보여주세요."

"그래? 만 평 이상으로?"

"그 이상도 좋습니다."

"알았네."

신이 났다.

복덕방 주인은 최강철의 적극적인 태도에 고무되었던지 부지런히 장부를 넘기다가 한 곳에서 손가락을 멈췄다.

"이건 덩치가 너무 큰데……."

"몇 평입니까?"

"30만 평짜리구만."

"위치는요?"

"위치는 좋아. 성남에서 가장 가까운 곳이야."

"지도에서 볼 수 있을까요?"

"그럼, 당연하지. 에또… 보자, 여기구만."

그가 벽에 걸려 있는 지도의 번지수를 확인하다가 한 곳을 짚었다.

최강철은 그의 손가락을 확인하고 속으로 웃었다.

벌써 성남을 2번이나 찾아와 미리 확인했던 매물이었기 때문이다.

그가 일부러 이곳을 찾은 것도 그런 이유다.

당시에는 매물을 보유한 곳 아니면 중개가 안 되는 상황이었기 때문에 다른 복덕방에서는 매물의 존재를 알면서도 나서지 못했다.

그가 짚은 곳은 바로 현재 분당의 중심인 서현동이었다.

"이건 누구 땅입니까?"

"김만덕이란 놈 땅이야. 지네 아버지가 죽으면서 상속을 받았는데 서울에서 살겠다면서 땅을 내놨어. 하지만 속 내용을 보면 복잡해. 내가 듣기로 그 인간 말종이 도박을 하면서 빚을 잔뜩 졌다고 하드만."

"덩어리가 커서 누가 사기나 하겠습니까? 잘라서 팔면 모를까."

"이놈은 어떻게 하든 팔아만 주면 된다고 했어. 자네가 사겠다고 하면 무조건 분할해서 팔 걸세."

"이 땅 시세는요?"

"그거야 흥정을 해봐야지. 이 자식, 돈이 급하니까 많이 깎을 수 있을 걸세. 어떤가, 해볼 생각이 있나?"

"있습니다."

"이제 말해봐. 도대체 얼마나 살 생각이야?"

"흥정되는 시세를 보고 결정하겠습니다. 오늘 중에 주인이 이곳으로 올 수 있을까요?"

"당연히 와야지. 잠깐 기다리게. 내가 연락해 볼 테니까."

그가 미친 듯이 전화기가 있는 책상으로 뛰어갔다.

전화기를 돌리는 동안 그는 몇 번이고 최강철이 있는 곳을 향해 고개를 돌렸는데 당장에라도 나갈까 봐 불안해하는 얼굴이었다.

난리도 그런 난리가 아니었다.

그는 전화를 하면서 소리를 고래고래 지르며 토지 주인에게 무조건 2시간 안에 복덕방으로 튀어 오라고 닦달하는 중이었다.

하지만 그것도 잠시.

다시 소파 쪽으로 다가온 그가 급하게 입을 열었다.

"아무래도 이 자식, 지금 노름하고 있는 모양이야. 어쨌든 무조건 인감도장 들고 뛰어오라고 했으니까 2시까지는 올 걸세."

"잘됐네요. 그럼 아저씨, 그동안 땅을 볼 수 있을까요?"

"봐야지, 당연히 봐야지. 잠깐 기다려. 내가 차를 끌고 올 테니까."

차도 있는 모양이다.

하긴, 복덕방을 운영하다 보면 기동력이 생명일 테니 무조건 차가 있어야 한다.

그럼에도 성남에서 복덕방을 운영하는 사람이 차가 있다는 게 신기했다.

기대가 무너진 건 그가 차를 가게 앞에 댔을 때였다.

저게 움직이기나 할까. 그가 가게 앞에 오래된 포드를 댔을 때 최강철과 이성일은 입을 떠억 벌릴 수밖에 없었다.

엔진 소리가 금방이라도 터져 나갈 것처럼 방방거리고 있었다.

성남에서 얼마 떨어지지 않은 분당은 온통 논과 밭뿐이었고 얕은 구릉으로 뒤덮여 거대한 분지를 형성한 곳이라 차를 몰고 들어가다가 결국 내려서 한참을 걸어야 했다.

"여기 일대가 바로 그 땅일세."

"어디까지죠?"

"이렇게 원을 그리면 될 거야. 아마 저기부터 반대쪽에 커다란 나무 보이지? 그 정도라고 생각하면 될 걸세."

"좋군요."

"이제 돌아갈까. 우리가 가면 대충 시간이 맞을 것 같은데?"

"그러시죠."

복덕방에 앉아서 주인이 타준 커피를 마시고 있을 때 40대 중반으로 보이는 남자가 헐레벌떡 뛰어 들어왔다.

남자의 눈은 붉게 충혈되어 있었는데 며칠 동안 밤을 샌 얼굴이었다.

그를 본 복덕방 주인의 초조했던 얼굴이 단박에 밝아졌다.

"아이고, 어서 와. 시간 맞춰서 잘 왔구먼."

"땅 살 사람이 나타났다는 게 사실입니까?"

"그렇다네. 여기 이 사람이니까 인사나 하지."

"예?"

김만덕의 시선이 단박에 변했다.

그 역시 땅을 사러 온 최강철의 얼굴이 생각보다 훨씬 젊다는 것에 놀란 모양이었다.

복덕방 주인의 흥정이 시작된 것은 김만덕 앞에 커피가 놓인 후부터였다.

"만덕이, 이 사람은 자네가 시세만 잘 쳐주면 땅을 사겠다고 하네. 자네는 평당 15,000원에 팔아달라고 했는데 그건 터무니없는 가격이야. 내가 저번 달에도 더 좋은 땅을 13,000원에 팔았거든."

"내 땅은 30만 평이나 됩니다. 얼마나 살지 알아야 흥정을 하죠?"

김만덕이 최강철의 얼굴을 바라봤다.

말은 복덕방 주인에게 했지만 대답을 듣고 싶은 건 최강철이었기 때문이다.

"아저씨가 가격을 얼마나 부르냐에 따라 결정할 생각입니다. 30만 평 전부가 될 수도 있고 그냥 일어나 나갈 수도 있어요. 그러니까 가격을 잘 생각해서 말해주세요."

"30만 평을 전부 다 살 수 있다고!"

"그렇습니다."

"음… 전부 다 산다면 12,000원에 주지. 어떤가, 이 가격이?"

"말도 안 되는 가격입니다. 저는 그렇게 큰 금액을 주고는 땅을 살 생각이 없습니다."

"그럼 얼마를 원하는 거야. 이 사람아, 난 15,000원에 내놨다고!"

김만덕이 소리를 버럭 질렀다.

하지만 말끝에 힘이 없다. 그는 지금 당장 땅을 팔아야 하는 상황이었고, 지난 3달 동안 땅을 보자고 온 사람이 한 명도 없었기에 조급해질 대로 조급해진 처지였다.

기다리면 이긴다.

"10,000원이라면 살 의향이 있습니다."

"뭐라고? 10,000원? 후려쳐도 분수가 있어야지. 무슨 땅값을 그렇게나 많이 깎아! 말도 안 되는 소릴 하고 있어."

"안 파실 생각입니까? 그렇다면 저희들은 이만 일어나겠습니다."

"아이고, 이보게. 잠깐 기다리게."

씩씩거리는 김만덕 대신 복덕방 주인이 일어서는 최강철의 옷깃을 붙잡았다.

그는 다 잡은 고기를 놓칠까 봐 전전긍긍하고 있었는데 김만덕을 향해 인상을 북북 긁어댔다.

억지로 최강철을 자리에 앉힌 복덕방 주인이 대신 침을 튀기기 시작했다.

"이봐 만덕이, 자네 지금 땅값 사정을 모르는 모양인데, 이 사람아, 내가 저번 달에 13,000원에 판 건 겨우 1,000평짜리였어. 그것도 분당 쪽은 한 달 만에 판 걸세. 지금 분당 쪽에 땅을 사러오는 사람 있으면 나와보라고 그래. 자네, 땅 팔기 싫어?"

"그래도 가격이……."

"이 사람 놓치면 자넨 아마 땅 팔기 어려울 걸세. 그러니까 잘 판단해서 결정해."

"너무 싸게 파는 것 같아서 그렇죠."

"대신 자네 땅덩이리가 크잖아. 작은 땅도 아니고 이런 기회가 아니면 언제 팔 수 있단 말인가. 어쨌든 자네가 땅 주인이니까 난 뭐라고 말 못 하겠네. 팔든 안 팔든 자네 마음대로 하게."

어르고 달랜다.

오랜 경험으로 복덕방 주인은 김만덕의 주저함을 야금야금 지워 버리고 있었다.

자그마치 30억이다.

1988년 1월.

이 돈이면 강남에서 빌딩을 살 수 있을 정도로 큰돈이었으니 막상 땅을 팔게 되는 순간 그는 성남에서 제일가는 갑부가 될 수도 있을 것이다.

잠시 주저하던 김만덕이 인감도장을 내놓은 것은 복덕방 주인이 안 되겠다며 최강철의 등을 떠밀 때였다.

그때부터 일이 일사천리로 진행되었다.

최강철은 전생에서 회사의 부동산을 전문으로 다뤄봤던 사람이었기에 이런 절차에 대해서는 누구보다 잘 안다.

3일에 걸쳐 김만덕의 땅 30만 평을 이전시키는 작업을 했다.

그중 3만 평은 이성일의 것이었다.

놈은 처음에는 안 된다고 펄쩍펄쩍 뛰었으나 최강철이 계속 설득하자 숨겨놓았던 전 재산을 꺼내 들었다.

모든 이전 절차를 끝내고 이성일의 엉덩이를 두드려 주었다.

자신을 믿고 커다란 투자를 결정했으니 언제 봐도 이성일은 기특한 놈이다.

*   *   *

"강철아, 난 한국이 좋다. 여기 와서 지내보니까 막 천국처럼 느껴져. 너는 안 그래?"

"하하… 한국 여자들 보니까 좋아서 그래, 인마."

"넌 내가 카사노바로 보이니?"

"그럴 리가. 너같이 못생긴 카사노바가 어디 있어? 말이 되는 소리를 해."

"가끔가다 못생긴 카사노바도 있어. 물론 그러려면 돈이 필요하겠지만. 알뜰살뜰 저금해 놓은 돈을 한입에 털어 넣더니 허탈해서 죽을 지경이야. 강철아, 나 깡통 차면 먹여 살릴 거지?"

"미친놈."

"그런데 지금 어디 가는 거냐?"

"학교."

"서울대?"

"응. 오랜만에 캠퍼스나 보려고."

"휴우… 인마, 그거 봐서 뭐 해. 가슴만 아프지."

최강철이 말을 하자 이성일이 눈치를 보면서 긴 한숨을 흘렸다.

미국에서의 5년. 젊은 청춘을 그곳에서 보내고 나니 이제 한국이 오히려 낯설게 느껴졌다.

돌아올 수 없는 형편이란 것이 그런 감정을 더 부추겼을지도 모른다.

하지만 최강철의 얼굴에는 전혀 가슴 아픈 표정이 담겨 있지 않았다.

"난 내년에 복학할 생각이야."

"복학?"

"그래, 금년에 통합 타이틀전을 따내면 한국으로 돌아올 거다."

"우와, 그 말 진짜냐?"

"왜 싫어?"

"그럼 미국 일은 어떡하고. 거기에 일을 많이 벌여놨잖아."

"방학 때 가서 하면 돼. 우린 영주권을 얻었기 때문에 언제든지 미국으로 들어갈 수 있어. 더군다나 챔피언이 되면 이제 미친 듯이 싸우지 않아도 된다. 1년에 2번 정도 방어전을 치르면 충분하니까 문제없을 거야."

"좋네, 좋아. 그런데 군대는 어쩌지? 나는 아직 신체검사도 못 받았는데 걱정이네."

"이 자식아, 걱정도 팔자다. 평발은 군대 면제야. 돌아와서 신체검사 받고 면제받으면 아무런 문제 없어. 부모님께 감사해라. 너 같은 싸가지를 평발로 태어나게 해주셨으니 얼마나 고마운 분들이냐."

"그래도 혹시 갈 수 있잖아. 우리나라는 없는 놈들한테만 엄격한 기준을 적용시킨다니까. 검사관이 평발 아니라고 우기면 난 군대에 끌려갈 수도 있어."

"아이고… 지랄아. 버스 왔다. 쓸데없는 소리하지 말고 타기나 해."

버스를 타고 서울대에서 내려 캠퍼스를 걸었다.

넓은 캠퍼스에는 차가운 바람만이 잔디밭을 휩쓸며 지나갔고 교내를 가득 채운 격문과 대자보가 덕지덕지 붙어 있었다.

대학의 낭만과는 전혀 다른 분위기.

이 시대의 젊은이들은 대학의 낭만보다 자유에 대한 그리움이 훨씬 더 컸을 것이다.

천천히 걸어 경영대 건물로 들어서서 강의실을 바라보았다.

뉴욕대나 펜실베이니아대와는 전혀 다른 구조였다.

한참 동안 서서 빈 강의실을 바라보다가 문을 나서 돌아나올 때 그를 부르는 소리가 들려왔다.

전혀 예상치 못한 만남이었다.

뒤에서 그를 부른 사람은 경영대 학과장인 윤문호 교수였는데 꽤나 놀라는 표정을 짓고 있었다.

"자네, 최강철 군 아닌가?"

"교수님, 안녕하세요. 오랜만에 뵙습니다."

"아이고, 이 사람아. 들어왔다는 소식은 들었는데 이렇게 보게 될 줄은 몰랐구만. 자네, 내 사무실에 가서 커피 한잔할 텐가?"

"예, 그렇게 하겠습니다."

최강철이 정중하게 대답하고 이성일한테 양해를 얻은 후 그의 사무실로 따라 들어갔다.

여전히 똑같은 구조다.

책들로 가득 덮여 있는 그의 사무실은 정갈함과 거리가 멀었다.

윤문호 교수는 직접 커피를 타 왔는데 한쪽에 놓여 있는 커피포트와 찻잔들은 낡아서 당장 버려도 이상하지 않을 정도로 오래되었다.

"자네 시합을 봤네. 정말 훌륭했어."

"감사합니다."

"나는 자네가 그렇게 대단한 사람인 줄 몰랐네. 세계 챔피언까지 올랐으니 정말 대단해. 암, 대단하고말고."

"교수님, 자꾸 그러시니까 얼굴이 붉어집니다. 그저 최선을 다하다 보니 그렇게 되었을 뿐입니다."

"강철 군, 그런데 여긴 어쩐 일인가. 학교는 포기한 거 아니었어?"

"아닙니다, 교수님. 저는 내년쯤 복학할 생각입니다."

"아니, 이 사람아. 세계 챔피언은 어쩌고?"

"공부를 하면서 복싱도 같이할 생각입니다. 5년 동안 미국에 살면서 언제나 제 뿌리는 한국이란 것을 잊지 않고 있었습니다. 저는 복싱으로의 성공도 중요하지만 학업을 마치는 것도 그에 못지않게 중요하다고 생각합니다."

"어허……"

윤문호 교수의 얼굴이 놀람으로 가득 찼다.

사람의 인생은 모험과 도전의 연속이었고 최강철은 그것을 충실히 수행하며 복싱으로 정점을 찍었기 때문에 당연히 학업을 포기할 거라 생각했다.

5년 전, 그가 휴학을 하고 미국으로 건너간다는 말을 들었을 때 만류를 했었던 건 국가를 위해 일해야 할 인재를 잃고 싶지 않았기 때문이다.

하지만 그 안타까움은 최강철이 세계 챔피언이 되는 순간 부끄러움으로 변한 지 오래였다.

훌륭한 인재라는 의미가 뭔가.

훌륭한 인재라는 것은 자신의 위치에서 능력을 발휘해 사회에 공헌하는 사람을 말하는 것이니 최강철은 이미 그에 대한 자격이 흘러넘치는 사람이었다.

그랬기에 혼란이 왔다.

"정말 가능하겠나? 학교에 다니게 되면 많은 제약이 따를 걸세. 자네의 복싱 인생에 장애물이 될 수도 있단 말일세."

"교수님이 도와주시면 문제 없을 거예요. 하하… 제가 공부를 못해서 낙제하게 되면 교수님이 성적을 올려주십시오."

"에끼, 이 사람아!"

*   *   *

최강철은 정치인들의 요청은 물론이고 방송국의 출연 요청까지 단칼에 거절했다.

방송국에서는 그와 친분이 있는 복싱 협회의 유광호와 스포츠서울의 김도환, 심지어는 아버지와 친했던 사람들까지 동원해서 어떻게 하든 최강철을 텔레비전에 출연시키려 했으나 끝내 고사를 하고 나가지 않았다.

아직은 아니다.

지금은 텔레비전에 나가서 광대처럼 사람들에게 웃음을 줄 시기가 아니었다.

출국 당일.

공항으로 향하는 그의 뒤로 수많은 사람이 따라왔다.

유광호를 비롯한 복싱 관계자들은 물론이고 기자들과 팬들까지 공항은 온통 그의 출국 소식에 난장판으로 변했다.

똑같은 질문.

출국 인터뷰에서 기자들이 던진 질문은 벌써 12번도 넘게 대답했던 것들이었다.

그럼에도 정중한 태도로 인터뷰에 응했고 포토 라인에 서서 기자들이 사진을 찍을 수 있도록 배려해 주었다.

하지만 그들의 집요함은 인터뷰가 모두 끝났음에도 그칠 줄을 몰랐다.

마지막으로 부모님과 가족들에게 인사하는 장면까지 주변에 몰려들어 찍어댔기 때문에 이별의 슬픔을 느낄 겨를조차 주지 않았다.

"엄마, 다녀올게요."

"그려, 몸 건강 잘 챙겨. 알았지?"

"예."

걱정하는 어머니의 품에 잠시 안겼다가 떨어져 나오자 아버지가 천천히 다가오셨다.

그런 후 아들의 몸을 끌어당겼다.

"강철아, 난 널 믿는다. 어디서든 잘할 거라고 믿어. 하지만 일이 뜻대로 되지 않아도 결코 좌절하면 안 된다. 너한테는 우리가 있으니까 너무 혼자 애쓰지 마. 그리고… 힘들면 언제라도 돌아오거라."

"예, 아버지."

아버지의 따스한 말이 꿈결처럼 느껴져 눈물이 핑 돌았다.

그러나 그는 감정을 제어하며 아버지의 앙상한 몸을 꼬옥 끌어안았다가 놓았다.

가족들과 헤어져 출국 게이트로 향했다.

기자들과 팬들은 그의 모습이 사라질 때까지 따라왔는데 꼭 여왕벌을 쫓는 벌 무리와 비슷했다.

*   *   *

3개월 후로 예정되어 있는 IBF 세계 타이틀 1차 방어전의 상대는 랭킹 6위에 올라 있는 존 하인스로 18승 12패의 전적을 가진 이류급 선수였다.

IBF 랭킹에 등록된 상당수가 이런 선수들이다.

아직 IBF는 선수 수급이 원활치 않았기 때문에 허리케인과 맞상대할 선수를 구하기가 어려운 실정이었다.

피지컬이 완성된 후 지칠 줄 모르는 체력을 보유한 이상 이런 선수를 상대로 몇 달 동안 훈련을 한다는 건 시간 낭비에 불과했으나 그럼에도 언론은 벌써부터 들썩이고 있었다.

1차 방어전이 끝나면 허리케인이 WBA나 WBC 쪽에 통합 타이틀전을 요구할 거란 예상을 하며 그들은 시합 날짜가 다가오기를 학수고대했다.

재밌는 일이다.

이류급 선수와 방어전을 치를 뿐인데도 언론이 이토록 관심을 기울이는 것은 그만큼 최강철의 상품성이 뛰어나다는 것을 의미했다.

아직 블랙 먼데이의 여파에서 벗어나지 못한 증시는 여전히 침체에 허덕이고 있었다.

과도한 낙폭으로 인해 잠깐 상승장을 연출하기도 했으나 동력을 잃어버린 주식 시장은 활기를 되찾지 못하고 있었다.

반면에 그가 투자한 델 컴퓨터와 시스코는 주식 시장과 상관없이 독수리처럼 창공을 비상하는 중이었다.

하루가 다르다.

기하급수적으로 늘어나는 매출을 볼 때마다 두렵다는 생각이 들 정도로 두 회사의 발전은 엄청났다.

뉴욕으로 돌아와 휴식을 취하던 최강철이 서지영에게 여행을 제안한 것은 집으로 돌아온 지 3일이 지났을 때였다.

"지영 씨, 워싱턴 가봤어?"

"워싱턴 어디?"

"레드먼드."

"아니, 거긴 한 번도 가본 적이 없어. 그런데 그건 왜 물어?"

"거길 갔다 와야 해. 한 일주일 일정으로."

"강철 씨, 시합 잡혔다면서 훈련 안 해도 돼?"

"갔다 와서 천천히 시작할 거야. 나와 붙는 선수가 조금 약하거든."

"그래도… 윤 관장님이 화낼 텐데. 그분한테는 이야기한 거야?"

"걱정하지 마. 했으니까."

최강철은 그녀의 질문을 받은 후 빙그레 웃었다.

윤성호의 성화가 얼마나 대단하지 그녀조차 알 정도니 잔소리꾼이란 별명이 괜히 나온 말이 아니다.

하지만 대답을 들은 서지영의 표정은 여전히 의문에 사로잡혀 있었다.

"그런데 거긴 왜 가… 혹시……?"

"사람 만나러."

"어떤 사람을 만나는 건데. 또 투자하려고 사람 만나는 거야?"

사람을 만나러 간다는 말에 서지영이 펄쩍 뛰어올랐다.

벌써 이렇게 불쑥 여행을 가자고 한 게 세 번째다.

최강철은 사람을 만나러 간다고 할 때마다 기업에 투자를 했기 때문에 그녀는 벌써부터 긴장한 표정을 짓고 있었다.

"하하… 아냐. 그냥 놀러 가는 거야. 우린 돈도 없는데 무슨 투자를 해."

"거짓말, 사람 만나러 간다고 그랬잖아. 갑자기 놀러 간다고 하면 내가 믿을 것 같아. 빨리 말해줘. 누구 만나러 가는 거야?"

"빌 게이츠라고 들어봤어?"

"처음 듣는 이름인데… 그 사람이 누구야?"

"컴퓨터 운영 프로그램을 만든 사람이지. 지영 씨가 쓰고 있는 DOS프로그램을 그 사람이 만든 거야."

"아하, 마이크로 소프트?"

"이제 알아듣네."

"그런데 그 사람을 뭐 하러 만나러 가. 거기는 이미 나스닥에 주식까지 상장한 회사잖아."

"그냥, 얼굴 좀 익혀놓으려고. 그 사람을 알아놓으면 좋을 것 같아서."

"히잉, 난 도대체 모르겠어. 강철 씨 머릿속에 뭐가 들어 있는지 아무리 생각해도 알 수 없단 말이야."

"하하하… 그냥 즐겁게 여행한다고 생각하면 돼. 우린 오붓하게 여행 다닌 적이 별로 없잖아."

*　　　　　*　　　　　*

빌 게이츠는 사장실에서 폴 앨런, 스티브 발머와 함께 회의를 했다.

1987년 나스닥에 주식이 상장되면서 막대한 지분을 가지고 있던 그들 세 사람은 억만장자의 대열에 올랐으나 일에 대한 열정은 아직도 새파랗게 살아 있었다.

현재 빌 게이츠의 나이는 32살.

한참 일할 나이였고 그는 살아오면서 한시도 게으름을 피우지 않았기에 아침이 되면 회사에서 개발하는 제품들에 대하여 추진 일정을 체크했고 완성도를 높이기 위한 의견을 주고받았다.

주식이 상장되면서 엄청난 부를 축적했으나 마이크로소프트사의 현재 상황은 그리 좋은 게 아니었다.

비지코프사가 GUI 방식의 운영체제를 내놨고 GEM(Graphics Environment Manager)을 디지털 리서치사가 출시하면서 마이크로소프트가 확실한 지배력을 구축하지 못하고 있었기 때문이다.

빌 게이츠가 싸늘하게 식은 커피를 들어 올린 것은 주요 사안에 대하여 의견을 전부 나눈 후였다.

집중력이 좋다.

그는 일을 할 때면 다른 것은 돌아보지 않았기에 비서가 가져다 준 커피는 언제나 싸늘하게 식은 후에야 그의 입으로 들어갔다.

"어쨌든 시장 상황을 계속 살피면서 대응하자고. 우리가 개발하고 있는 윈도우가 개발에 성공하면 시장을 완벽하게 장악할 수 있어. 이게 우리의 지상 과제야."

"그런데 쉽지는 않구만. 워낙 새로운 포맷의 운영체제라 할 일이 너무 많아. 난관에 부딪쳐서 꼼짝도 하지 못하고 있으니 답답하구만."

"서두를 필요는 없어. 어차피 시간은 우리 편이잖아."

"그건 그렇지. 그래도 최대한 서둘러서 완성해야 경쟁 회사들을 따돌릴 수 있어. 하여간 연구원들을 독려하고 있으니까 조만간 성과가 나올 거야. 회의 끝났으면 나가봐도 되지?"

말을 마친 폴 애런이 스티브 발머와 함께 자리에서 일어나려는 순간 갑자기 뭔가가 생각난 듯 빌 게이츠의 입에서 고함이 터져 나왔다.

"애런, 잠깐만!"

"왜?"

"내가 정신이 없어서 깜박했는데 어제 허리케인한테서 전화가 왔어. 알지, 허리케인?"

"복싱 선수?"

"그래, 그 허리케인."

"하하… 거짓말. 허리케인이 왜 자네한테 전화를 해? 나 놀리려고 일부러 그러는 거지?"

"진짜야. 워싱턴에 왔다면서 나를 만나고 싶대."

"그 거짓말 진짜야?"

"그렇다니까. 그래서 얼떨결에 그러자고 했어. 오늘 저녁 같이 먹자고 했는데 자네 어때? 약속 없으면 같이 가. 자네는 허리케인의 광팬이잖아."

"정말 그렇다면 무조건 가야지. 허리케인하고 밥 먹을 수 있는 기횐데 약속이 문제겠어."

제26장
나의 길Ⅱ

아름답게 옷을 차려입은 서지영은 마치 천사처럼 보였다.

시내 중심가에 있는 고급 식당에서 손님들과 만나기로 했기 때문에 그녀는 아름다운 흰색 드레스를 골라 입었는데 귀티가 철철 흘러넘쳤다.

"강철 씨, 나 괜찮아?"

"응, 여신 같아. 그 사람들 지영 씨 보면 놀라 자빠지겠는걸."

"호호……."

서지영이 입을 가리며 웃었다.

칭찬은 고래도 춤추게 한다는데 사랑하는 사람에게 이런 소리를 들었으니 기분이 하늘을 날아갈 것 같았다.

"이제 가볼까?"

"그런데 강철 씨, 난 오늘 어떻게 하면 돼?"

"뭐가?"

"솔직히 말해봐. 사업 때문에 만나는 거잖아. 그러니까 난 어떻게 하면 되냐 말이야."

"그냥 우아하게 식사만 하시면 됩니다."

"그게 다야?"

"응. 지영 씨는 그냥 앉아만 계셔도 천만 불짜리 그림이시거 든요."

"우와, 이 사람 점점 허풍이 커지시네."

"하하, 사실인데. 적당한 타이밍을 봐서 한마디만 해."

"어떤?"

"그건……."

분명 MS의 빌 게이츠를 만나는 건 목적이 있었으나 그녀에 게 자세한 말은 해주지 않았다.

이런 사업은 독한 마음을 가지고 움직여야 한다.

빌 게이츠는 말년에 기부로 유명한 사람이었으나 사업을 성 장시키는 과정에서 다른 사람의 눈물을 수없이 흘리게 만든 사람이기도 했다.

그가 주로 사용한 것은 법망을 교묘하게 이용해서 중소기업체의 기술을 뺏거나 경쟁 업체의 자금줄을 죄어 병합시키는 방법이었다.

이에는 이.

법을 좋아하는 자에게는 법으로 상대하는 것이 가장 좋은 방법이다.

가진 건 아무것도 없다.

오직 그의 무기는 지금보다 훨씬 발달된 윈도우를 경험해 봤다는 것과 법의 허점을 파고들어 적의 약점을 물어 뜯어보는 것뿐이었다.

이름하여 개싸움. 쉽지 않은 싸움이겠지만 어쩌면 통할지도 모른다.

배짱으로 승부를 보는 건 그의 전공이었으니 충분히 해볼만한 싸움이기도 했다.

허리케인이란 명성이 이렇게 커다란 도움이 될지 몰랐다.

아마 그가 25살의 평범한 청년이었다면 빌 게이츠가 처음 전화를 걸어 온 그에게 식사를 허락한 건 불가능에 가까운 일이었을 것이다.

그녀와 함께 약속한 식당에 들어서자 우아함이 저절로 피어나는 실내 정경이 들어왔다.

턱시도를 받쳐 입은 지배인이 직접 나와 그들을 안내했는데 빌 게이츠는 이미 와서 기다리고 있었다.

이 식당은 빌 게이츠가 예약한 것이었다.

최강철은 레드먼드에 대해서 잘 몰랐기 때문에 부탁했더니 자기가 식당을 예약해 놓고 알려줬는데 공간이 분리되어 다른 사람들은 신경 쓰지 않고 식사를 할 수 있는 곳이었다.

지배인을 따라 들어서자 자리에 앉아 있던 빌 게이츠와 폴 앨런이 벌떡 일어서는 것이 보였다.

놀라는 얼굴.

그들은 허리케인이 진짜 나타나자 믿겨지지 않는 표정을 짓고 있었다.

"우와, 허리케인. 반갑습니다. 내가 빌 게이츠요."

"오 마이 갓, 허리케인!"

빌 게이츠가 먼저 악수를 청해 오는 동안 뒤에 서 있던 사람이 만세를 불렀다.

폴 앨런은 제대로 말조차 하지 못했는데 빌 게이츠가 악수를 하고 뒤로 물러서자 그때서야 손을 내밀었다.

"허리케인, 난 당신의 광팬입니다. 당신은 세상에서 내가 가장 좋아하는 복싱 선수예요. 이렇게 만나서 반갑습니다. 난 폴 앨런입니다."

"반겨주셔서 고맙습니다."

"옆에 계신 분은 누구신지……?"

"제 여자 친구입니다. 지영 씨, 인사해."

"안녕하세요. 서지영입니다."

우아한 미소를 지은 채 서지영이 정중하게 인사를 하자 두 사람의 얼굴에서 다시 한번 놀라움이 피어올랐다.

동양의 신비한 아름다움.

사업을 하면서 수많은 미녀를 봤지만 서지영의 아름다움은 그들에게 특별한 충격을 주기에 충분했다.

"엄청 아름다운 분이시군요. 하긴, 허리케인이니까… 정말 잘 어울리는 한 쌍입니다."

"감사합니다."

일행의 얼굴에서 만나는 순간부터 피어오른 웃음은 식사가 끝날 때까지 계속 이어졌다.

빌 게이츠와 폴 앨런은 사업을 할 때와는 다르게 유쾌한 사람들이었다.

아직 32살의 젊은 나이였기 때문인지 유머스러움과 진중함을 함께 가졌는데 식사 내내 최강철과 서지영에 대한 질문을 던지며 대화를 이끌어 나갔다.

그들의 놀라움은 서지영이 펜실베이니아 경영대 출신이란 사실과 최강철이 한국의 최고 대학인 서울대 학생이란 사실에서 정점을 이루었다.

"당신들은 갈수록 우리한테 놀라움을 주는군요. 서울대는 나도 잘 아는 곳입니다. 우리 직원들 중에 서울대 출신이 있거든요. 더군다나 이렇게 아름다운 분이 펜실베이니아를 나왔다니 믿겨지지 않습니다."

"지영 씨는 현재 마이다스 CKC의 대표이사로 있습니다. 자본이 5,000만 달러 정도 되는 제법 견실한 투자 회사죠. 물론 MS에 비하면 작은 회사겠지만 말입니다."

"어이구, 정말입니까? 그 나이에 5,000만 달러를 운영한다는 건 보통 일이 아니죠. 우리 회사도 현금으로는 그만한 돈이 없어요."

"호호… 사실 그 돈은 전부 허리케인 거예요."

"뭐라고요!"

"허리케인은 현금도 많이 가지고 있지만 투자를 해서 회사를 운영하기도 한답니다. 그러고 보니 MS처럼 컴퓨터와 관련된 회사네요."

"거기가… 어디죠?"

"델 컴퓨터하고 시스코예요."

"아하."

빌 게이트와 폴 앨런이 동시에 입을 쩍 벌렸다.

델 컴퓨터는 그들과는 계약이 된 회사였는데 지금 한참 사세를 무섭게 확장하는 회사였고 시스코도 마찬가지였다.

그랬기에 그들은 놀라움을 숨기지 못했다.

"허리케인이 정말 거기에 투자를 했단 말입니까? 얼마나 투자를 했죠?"

"델 컴퓨터에는 45%의 지분이 있고 시스코에는 55%의 지분이 있어요. 시스코는 전문 경영인을 두었지만 실질적으로는 허리케인의 회사예요."

"음……."

그들의 놀람이 더욱 커졌다.

단순한 복싱 선수라고 생각했는데 막상 들어보니 이건 괴물이 따로 없었다.

투자를 했다기에 그저 장난 삼아 몇 푼 던져놓은 것이라 여겼다.

아무리 인기 있는 복싱 선수라지만 복싱으로 버는 돈의 한계성을 본다면 기껏해야 몇십만 불 수준일 것이라 짐작했던 것이다.

그랬기에 기가 막혔다.

그 정도의 지분을 가지고 있다면 실소유주라 해도 부족함이 없었다.

MS의 오너인 빌 게이츠가 45%의 지분을 가지고 있으니 충분히 그런 생각을 할 만했다.

더군다나 그들이 관심을 가진 건 투자 회사들이 전부 컴퓨터 관련 회사였기 때문이다.

"허리케인, 컴퓨터에 대해 잘 아십니까?"

"조금 압니다."

"그럼 나를 찾아온 것도 그것 때문입니까?"

"맞습니다. 사실 저는 컴퓨터에 커다란 관심을 가지고 있습니다. 솔직히 말해서 빌 당신을 찾아온 것도 당신들이 준비하고 있는 운영체제에 관심이 있기 때문입니다."

"우리가 준비하고 있는 걸 허리케인이 어떻게… 혹시!"

"이상하게 생각하지 마세요. 나는 뒷조사나 산업스파이를 심어놓는 짓은 하지 않으니까요."

"정말 놀랄 일이군."

빌 게이츠와 폴 앨런의 얼굴이 잔뜩 굳어졌다.

지금 개발하고 있는 윈도우는 작년 말부터 새로운 컴퓨터 환경에 적용시키기 위해 연구가 시작되었고 1급 기밀로 취급했기 때문에 몇몇 사람밖에 모르는 극비 사항이었기 때문이다.

하지만 최강철은 그들의 놀람에 전혀 동요되지 않은 채 평온한 얼굴로 말을 이어 나갔다.

"빌, 나는 어렸을 적부터 컴퓨터에 커다란 관심을 가지고 있었습니다. 그래서 마이다스 CKC 산하에 컴퓨터 연구소를 만들었죠. 앞으로의 컴퓨터 운영 환경은 보다 복잡하고 고도로 그래픽화되기 때문에 오랜 연구를 거쳐 사용자 인터페이스에 대한 효용성을 높이기 위한 기술을 개발했습니다."

"정확히 어떤 기술을 말하는 거죠?"

"하하… 그건 말하기 곤란하군요. 하지만 한 가지는 말해 드리죠. 우리는 그 기술을 특허 신청 해놓은 상태입니다."

이제 그들의 얼굴이 곤혹스럽게 변했다.

컴퓨터의 운영체제를 개선하기 위해 프로그램을 개발하는 와중에 다른 회사에서 특허를 출원했다는 건 결코 좋은 소식이 아니었다.

하지만 최강철은 뻔뻔하고도 이상하다는 얼굴로 그들의 놀란 얼굴을 바라볼 뿐이었다.

"왜 그렇게 놀라시죠?"

"허리케인, 마이더스 연구소는 어떤 곳입니까?"

"방금 말씀드린 것처럼 나는 델 컴퓨터와 시스코에 투자를 할 정도로 컴퓨터에 관심이 많습니다. 컴퓨터 운영체제를 연구하기 위해 제가 몇 년 전에 설립한 곳입니다."

"음……."

후식으로 나온 커피를 마시며 최강철은 속으로 회심의 미소를 지었다.

마이클 델이 이끄는 연구진의 도움을 받아 클로이에게 특허를 출연하라고 지시한 것은 벌써 3개월 전의 일이었다.

조립식 컴퓨터만 연구해 온 마이클 델은 운영체제에 대해서 아무것도 몰랐으나 최강철이 기본 콘셉트를 설명해 주고 세부 운용 방안까지 꼼꼼하게 알려주자 금방 탄성을 지르며 이해를 했다.

이미 나스닥에 상장된 MS를 잡아먹기 위해 최강철이 한참 동안 고민하다가 찾아낸 것이 바로 선점이라는 무기였다.

윈도우의 핵심 기술 하나만 때려잡으면 MS를 옴짝달싹 못하게 만들 수 있었다.

"빌, 내가 당신을 보자고 한 건 합작을 하고 싶기 때문입니다."

"그건 무슨 소리요?"

"아무래도 우리 연구진은 컴퓨터만 전문으로 다루다 보니 운영체제의 완성에 상당한 고전을 하고 있는 상탭니다. 그래서 MS와 합동으로 연구를 하는 것이 좋겠다는 결론을 내리고 이렇게 온 것입니다."

"우리와…… 합동으로 연구를 하자는 말입니까?"

"그렇습니다."

"허어……."

빌 게이츠와 폴 앨런의 시선이 급격하게 부딪혔다.

MS에서 개발하는 윈도우는 이제 기초 단계에 불과했는데 최강철의 이야기를 들어보니 마이다스의 연구진은 상당 부분 연구가 진척된 것 같았기 때문이다.

최강철은 두 사람이 부지런히 시선을 교환하는 걸 보면서 회심의 미소를 지었다.

잘해봐.

너희들은 어떻게 해도 이 올가미에서 벗어날 수 없을 테니까 말이야.

"지금 당장 대답을 들으려는 건 아니니까 내일 회사로 들어가 상의해 보십시오. 저는 이곳에서 일주일 동안 머무를 테니 그동안 답변을 주시면 됩니다."

"공동 연구의 결정은 쉬운 일이 아닙니다. 더군다나 양쪽 회사의 기술 능력과 연구원의 숫자 및 수준, 그리고 투자에 관한 것도 문제가 되지요. 가장 결정적인 것은 우리가 마이다스와 공동 연구를 해야 하는 이유가 있어야 된다는 것입니다. 정확하게 당신네 회사가 어떤 특허를 등록했는지 알아야 논의를 해볼 것 아닙니까?"

"MS의 연구는 현재 지지부진한 상태라고 들었습니다. 그래서 연구 진척이 빠른 우리 제안이 매력적으로 들릴 거라 예상한 것이고요. 그 정도만 가지고 상의해 보세요. 우리를 잡지 않는다면 아마 애플이 좋아할 테니까요."

"그건… 좋습니다. 일단 들어가서 상의해 보겠습니다."

"그러세요. 합작으로 결론을 내신다면 우리 특허는 그때 알려 드리겠습니다. 아, 그리고 두 분이 테니스를 즐겨 치신다면서요. 시간 내서 우리 테니스나 한 게임 할까요?"

"언제 말입니까?"

"삼 일이면 답변을 들을 수 있겠죠. 그때 한 게임 하고 식사하는 게 어떻겠습니까?"

최강철은 여유 있게 기다렸다.

다음 날 차를 렌트해서 주변의 관광지를 돌았고 밤에는 서지영과 함께 호텔 바에 올라가 와인을 마셨다.

서지영은 빌 게이츠를 만나고 돌아온 후 최강철을 향해 끝없는 질문을 던져댔다.

"강철 씨, 난 정말 이해가 안 돼. 도대체 컴퓨터에 대해서 얼마나 알고 있는 거야? 난 강철 씨가 이야기할 때 놀라서 죽는 줄 알았어. 클로이가 특허 때문에 끙끙대더니 이것 때문이었구나?"

"델 컴퓨터에 투자하려고 공부했던 거야. 머리가 좋아서 그런가 공부하다 보니 점점 많은 걸 알게 되던걸?"

"우와, 말도 안 돼."

"하하하, 지영 씨도 공부해 봐. 많은 도움이 될 거야."

"난 지금 기업들의 실적을 분석하고 주가의 흐름을 체크하는 데도 정신이 없을 정도야. 그런데 어떻게 그런 걸 공부해!"

"그런가?"

재밌다는 표정으로 최강철이 웃자 서지영의 입술 끝이 바짝 올라갔다.

까면 깔수록 양파 같은 남자다.

이제 어느 정도 알게 되었다고 생각하면 또 다른 면을 내보여 그녀를 놀래게 만들었다.

그러면서도 장난기로 가득 차 자신의 능력에 대한 자랑을 하지 않았기에 더욱더 매력적으로 느껴졌다.

눈이 차츰 처지며 사랑으로 가득찬 시선이 흘러나왔다.

이 남자와 사랑에 빠져 있는 자신은 세상에서 둘도 없이 행복한 여자란 생각이 들었다.

"강철 씨, 내가 테니스 잘 치는지 어떻게 알았어?"

"학교 다닐 때 맥주 마시며 이야기했잖아. 고등학교 때 서클 활동을 하면서 테니스를 많이 쳤다고."

"그랬던가. 그래도 그게 언젠데 그걸 기억하냐. 하여간 기억력은 대단하다니까. 강철 씨는 테니스 쳐봤어?"

"조금."

"이 남자 하도 비밀 투성이라 조금이 어느 정돈지 모르겠네. 혹시 테니스도 복싱처럼 잘하는 거 아냐?"

"하하하… 그건 모르지. 내일이면 알 테니까 직접 확인해봐."

"우린 라켓도 없는데 어떡해? 어디 빌릴 데가 있을까?"

"빌한테 말해놨어. 우리 거까지 가져오라고 했으니까 가져올 거야."

"일은 테니스 끝나고 마무리 지을 거지?"

"응."

"그 사람들 반응은 어때?"

"지금쯤 머리를 엄청 굴리고 있을 거야. 나름대로 모든 정보력을 동원해서 우리가 얼마나 연구를 진행했는지 알아보는 중 아니겠어. 그래도 괜찮아. 그 정도로 물 먹을 정도면 시작도 하지 않았어."

"강철 씨가 하는 일이니까 오죽할까. 난 이제 강철 씨가 팥으로 메주를 만든다고 해도 믿을 거야. 그런데 정말 궁금한 건 왜 이 일을 하는 건지 모르겠어. MS가 만드는 기술이 그렇게 좋은 거야?"

"하하하… 그럼 좋지. 아주, 그것도 많이."

*　　　　　*　　　　　*

빌 게이츠와 폴 앨런은 자신들의 인맥을 총동원해서 특허청에 정말로 그런 특허가 들어와 있는지 확인했다.

최강철의 말은 사실이었다.

특허청에 마이다스 CKC와 최강철이 공동으로 제출한 특허 신청이 들어와 있다는 게 확인되었던 것이다.

"허리케인, 이놈 정말 특허를 출원했군. 재밌는 놈이야."

"그놈은 제록스의 GUI와 애플의 매킨토시, 심지어 우리 윈도우 2.0까지 모두 실패했다는 걸 알고 있었을 거야. 그렇지 않나?"

"그걸 모를 리가 있겠어. 우리에게 찾아왔다는 것은 그만큼 자신이 있다는 뜻이겠지. 마우스를 활용한 인터페이스나 그래픽 환경에 대한 기초적인 특허들은 이미 전부 출원돼 있는 상태야. 그렇다면 다른 거라는 건데……."

"시간도 없었지만 단단하게 막아놔서 놈이 제출한 특허의 내용을 확인하지 못했어. 그놈 인맥이 그쪽에 깔려 있는 것 같아."

"갈수록 재밌구만."

"배짱을 부릴 정도의 특허라면 우리 연구와 밀접한 관련이 있다는 뜻이야. 그런데 그게 뭔지 도통 짐작이 되지 않는군."

빌 게이츠가 손가락을 입에 물면서 눈을 오므렸다.

그의 머릿속에서는 폭포수처럼 수많은 생각이 꼬리를 물면서 떨어져 내리고 있었다.

최강철의 앞에서는 놀라는 척하면서 뒤로 물러섰으나 절대 그냥 합작해 줄 생각은 없었다.

설혹 뭔가가 있다 하더라고 꼬리만 잡으면 어떻게 하든 해결의 실마리를 풀어낼 수 있을 것이다.

그건 이 세계에서 백전노장으로 불리는 폴 앨런도 마찬가지였다.

"허리케인은 연구가 상당 부분 진척되었다고 했잖아. 사실일까?"

"그 친구는 우리가 생각하고 있는 운영체제의 콘셉트를 정확하게 짚고 있었어. 사실이지 않다면 그런 것을 어떻게 알겠나."

"참 일이 더럽게 꼬이네."

"무엇보다 중요한 것은 놈이 어떤 특허를 등록했느냐를 알아보는 거야. 시간을 최대한 끌면서 알아내. 그리고 놈들의 연구가 어디까지 진행되었는지도. 그놈은 아직 어려, 사업에 대해서는 우리보다 한 수 아래란 말이야. 이리저리 굴려보면 뭔가가 나오지 않을까."

"이제 내일이면 그놈을 만나야 돼. 놈의 표정을 보니 우리가 거부하면 금방이라도 일어날 기세였어. 그만큼 자신감이 있다는 건데 우리 작전이 통할까?"

폴 앨런이 심각한 표정을 지으며 침을 삼켰다.

윈도우 체계는 그들이 야심차게 준비하는 프로젝트였고 MS의 사활이 걸린 미래였기 때문이다.

만약 마이다스 CKC의 연구진이 먼저 이 운영체계를 성공

한다면 MS의 미래는 암담해질 것이 분명했다.

하지만 그의 머리는 그 와중에도 비상하게 돌아갔다.

"일단 밑밥을 깔면서 대응하지. 협상에 응하는 척하면서 그 사이 내용을 알아보는 것으로 하는 게 어때?"

"해보자고. 하지만 쉽게 통할 것 같지는 않군."

"어떤 내용인지만 알아도 방법이 생길 거야. 컴퓨터 운영체제에서 우리가 깔아놓은 특허만 100개가 넘어. 조금이라도 걸리면 우리가 먼저 개발한 거라는 증거를 제시하고 법적 공방으로 갈 수 있어. 우리가 늘 하던 방법이잖아."

"폴, 그놈 눈 봤어?"

"무슨 눈?"

"허리케인. 나는 수시로 그놈 눈을 봤어. 어떤 눈을 가졌는지만 봐도 성격을 알 수 있거든. 냉정해, 그것도 차가울 정도로. 그런 놈은 허술하게 치고 들어오지 않아. 분명 놈은 만반의 준비를 해놓았을 거다. 그놈은 돈 킹 프로모션 소속이야. 정관계에 우리 못지않은 인맥이 있다는 뜻이지. 특허청이 막힌 것은 그런 영향력이 작용했기 때문이지 않겠어? 더군다나 마이다스 쪽에는 5,000만 달러의 자금 동원력이 있단 말이지. 섣불리 건드렸다가는 오히려 우리가 피해를 볼 수 있어."

최강철이 말한 마이다스 CKC에 대해서도 알아봤다.

현금이 돌아가는 것은 2,000만 달러에 불과했으나 무섭게 성장하고 있는 델 컴퓨터와 시스코의 지분은 사실이었고 만약 문제가 생긴다면 5,000만 달러 정도는 쉽게 동원할 수 있는 능력이 있었다.

"그럼 어쩔 생각이야?"

"그놈이 신청한 특허가 우리 연구에 치명적인 영향을 미치는 거라면 우리는 끝장이다. 쉽게 접근했다가는 치명상을 입을 수도 있어."

"그래서?"

"일단 다시 한번 붙어보자고. 도대체 무슨 카드를 가지고 있는지 알아야 협상을 하든 말든 할 것 아닌가."

*　　　　*　　　　*

최강철은 옷을 갈아입은 채 레드먼드 외곽에 있는 테니스장으로 나갔다.

빌 게이츠와 폴 앨런은 상당한 수준의 테니스 실력을 가진 것으로 알고 있었으나 걱정하지 않았다.

전생에서 그가 유일하게 취미를 가졌던 운동이 테니스였다.

우스운 일이었지만 회사의 사장이 테니스광이라 직원들에게 무조건 테니스를 배우라고 강권했기 때문에 어쩔 수 없이 배운 것이었다.

약골이었고 운동 신경도 없었으니 당연히 실력은 초보 수준을 면하지 못했다.

하지만 그가 잘하는 것이 있었으니, 무엇을 하든 이론부터 빠삭하게 꿰차기 때문에 테니스에 대한 기술에 대해서는 프로 못지않은 지식을 가지고 있다는 점이었다.

두 사람이 백화점에서 산 흰색 옷을 입고 테니스장으로 들어서자 기다리고 있던 빌 게이츠와 폴 앨런이 반갑게 그들을 맞아들였다.

"정말 어울리는 한 쌍입니다. 테니스장이 훤하게 밝아지는 느낌인데요."

"과찬입니다. 빌이 그렇게 말하니까 얼굴이 붉어지네요."

"난 사실만 말하는 사람입니다. 허리케인, 테니스는 쳐봤습니까?"

"조금 칩니다."

"허허… 그러면 안 되는데. 우린 상당한 수준이거든요."

"일단 연습을 조금 하다가 시합하는 것으로 하죠. 오랜만에 치는 거라서 잘될지 모르겠어요."

초보라고 말하지 않은 건 운동 능력에 대한 자신감 때문이다.

공을 가지고 하는 모든 운동의 기본은 얼마나 빠른 발을 가지고 있냐에 따라 상수와 하수로 구분된다.

기본기가 탄탄하고 오랜 경험으로 무장된 고수라도 빠른 발과 체력을 지닌 사람과 붙으면 펑펑 나가떨어지는 것도 그런 이유다.

전생에서는 부실한 체력과 운동 신경 때문에 오랫동안 테니스를 쳤음에도 초보 수준을 면하지 못했지만 지금의 그는 스피드와 운동 신경 면에서 누구에게도 뒤지지 않을 자신이 있었다.

더군다나 그에게는 테니스 기술에 대한 탁월한 이론 지식이 있었기에 조금만 연습하면 두 사람에게 민폐를 끼치지 않을 것이다.

코트 양쪽으로 나누어 연습 볼을 치기 전까지 그들은 누구도 사업 이야기를 꺼내지 않았다.

일종의 묵계다.

테니스를 치자고 제안한 최강철도, 그것을 받아들인 두 사람도 이 자리가 서로의 긴장감을 완화시키기 위한 도구란 걸 안다.

빌 게이츠는 최강철의 실력을 몰랐기 때문인지 공을 천천히 넘겨줬다.

하이 볼러처럼.

코트 위를 높게 날아온 공을 따라서 최강철도 힘을 들이지 않고 부드럽게 넘겼다.

투웅.

맞는 감각이 괜찮았다.

포핸드 스트로크의 기본은 변곡점에서 조금 떨어졌을 때 공 하나 아래에서 올려치는 것으로 가장 중요한 것은 역시 헤드업을 하지 말아야 한다는 것이다.

헤드업을 하게 되면 정확한 임팩트가 이루어지지 않아 실수할 확률이 커지고 강력한 스트로크를 할 수 없다.

몇 번 스트로크를 하면서 점점 공이 넘어가는 각도를 줄였다.

역시 전생과는 다르다.

천부적인 운동 신경과 반사 능력은 스트로크가 지속될수록 임팩트의 강도를 점점 증진시켜 주고 있었다.

서지영은 테니스를 잘 쳤다.

파트너인 폴 앨런과 빠르게 스트로크를 주고받았는데 폴 앨런이 연신 감탄사를 쏟아낼 정도였다.

최강철은 포핸드 스트로크와 백핸드 슬라이스만 치면서 몸을 풀었다.

테니스 기술에는 여러 가지가 있었지만 이 두 가지 기술만 완벽해지면 웬만한 고수들은 강한 체력과 스피드로 충분히 잡을 수 있기 때문이다.

처음에는 몇 번 실수를 했으나 온몸의 세포가 살아나면서 공을 때리는 정확도가 점점 올라갔다.

천천히 앞으로 전진하면서 발리도 연습했다.

테니스 복식 경기에서 가장 중요한 것은 발리였지만 전생의 그는 발리 때문에 생고생을 했었다.

발리는 공을 끝까지 보고 정확하게 임팩트를 시켜 밀어내야 한다. 짧고 강하게.

이 간단한 이론을 알면서도 하지 못한 것은 오로지 순발력과 운동 신경이 부족했기 때문이다.

빌 게이츠의 스트로크는 훌륭했다.

최강철이 전진해 들어오면서 발리를 시도하자 점점 강력한 스트로크를 보내왔는데 제대로 맞았다고 생각했음에도 공이 떠서 라인 밖으로 넘어가기 일쑤였다.

하지만 그것도 오래가지 않아 점점 각도가 예리해지며 라인 안으로 떨어지기 시작했다.

라켓의 각도가 조정되었고 작용 반작용의 원리가 접목되면서 원하는 곳을 향해 공을 떨어뜨릴 수 있었다.

"빌, 이 정도면 된 것 같네요. 이제 시합하는 게 어떻겠습니까?"

"그럽시다."

"그냥하면 재미없을 테니 우리 내기를 걸죠."

"하하하… 그거 좋죠. 뭘 걸까요?"

"저녁 내기 어떻겠습니까. 최고급 식당에서 와인을 곁들여서 말입니다."

"콜."

빌 게이츠가 자신 있게 외치며 웃었다.

그가 봤을 때 최강철과 서지영은 그들에게 상대가 되지 않을 거란 생각이 들었다.

서지영은 아무리 잘 쳐봤자 여자의 한계를 벗어나지 못한다.

그녀의 스트로크는 약했고 발도 빠르지 않아 충분히 공략이 가능했으며 최강철은 연습하면서 점점 좋아졌으나 테니스 경력이 그리 많지 않다는 생각이 들었다.

테니스 경기, 특히 복식 게임은 게임에 방식을 정확하게 이해하고 파트너 간의 호흡이 맞아야 경기에 이길 수 있었다.

시합이 시작되면서 그의 예상은 정확하게 맞아들었다.

게임이 되지 않았다.

빌 게이츠는 폴 앨런과 일주일에 2, 3차례 테니스를 쳤는데 동호회 사람들 중에서 최상급의 실력을 가졌고 호흡도 잘 맞는 베테랑들이었기에 게임이 시작되자 일방적으로 최강철과 서지영을 몰아붙이며 점수를 따 나갔다.

서비스 앤 대시, 그리고 발리.

빌 게이츠와 폴 앨런의 경기 스타일은 정석을 그대로 따랐는데 워낙 두 사람 다 발리가 좋았기 때문에 누가 후위에 서든 고전을 면치 못했다.

최강철의 스트로크가 시간이 갈수록 좋아졌으나 두 사람의 발리는 교묘하게 서지영의 옆쪽으로 빠져나가며 계속 점수를 따 나갔다.

최강철의 괴력이 발휘하기 시작한 것은 세트 스코어 4 : 0으로 지고 있을 때부터였다.

오랜만에 게임을 하는 것이기 때문에 서브와 스트로크가 안정되지 않았고 발리도 실수를 해서 점수를 잃었지만 시간이 지나면서 적응이 되자 무섭게 날아다니기 시작했다.

매처럼 날카로운 눈.

처음에는 공이 날아올 때 반응을 했으나 상대의 모션만 봐도 어느곳 으로 공을 보낼지 예측이 되자 그의 빠른 스피드가 게임을 지배했던 것이다.

"지영 씨, 코트에 바짝 붙어서 움직이지 마. 그쪽으로 오는 공만 커트하면 우리가 이겨!"

서지영의 서비스 차례에도 전위와 후위를 체인지해서 후위를 전담한 최강철은 코트 위를 무풍지대처럼 달렸다.

빠르다. 그것도 무서울 정도로 빨라 모든 공이 그의 라켓에 걸렸다.

더군다나 스트로크가 안정되면서 구석구석을 찔렀기 때문에 시간이 갈수록 빌 게이츠와 폴 앨런은 실수를 연발하면서 소리를 지를 수밖에 없었다.

가장 그들을 곤혹스럽게 만든 것은 양 사이드로 빠져나가는 패싱샷과 로브였다.

전진해서 상대의 스트로크를 차단하며 경기를 진행해 온 그들은 최강철의 로브에 속수무책으로 당했다.

최강철의 로브는 스핀을 담아 라인 끝 선상에 떨어졌는데 제법 스매싱이 날카로운 빌 게이츠와 폴 앨런이 손조차 쓰지 못할 정도로 정확하고 날카로웠다.

시합이 4 : 4로 균형이 맞춰지는 순간 최강철이 얼굴에서 웃음이 떠올랐다.

처음 경기가 시작되었을 때 서지영 쪽으로는 전혀 공을 주지 않으며 여유를 부리던 그들이 인정사정 봐주지 않고 급습을 했기 때문이다.

그만큼 급하다는 뜻이었다.

하지만 그건 오히려 그들에게 독약이 되었는데 최강철의 지시를 받은 서지영이 네트에 바짝 붙어 자신에게 들어오는 공을 사이드로 포칭하면서 점수를 땄기 때문이다.

"야호!"

서지영은 포칭으로 인해 왼쪽 선상을 따라 빠져나간 공이 폴 앨런을 꼼짝 못 하게 만들며 점수를 올리자 팔짝팔짝 뛰면서 기뻐했다.

포칭은 전위가 네트에 바짝 붙어 날아오는 곳을 차단하는 기술이었다.

일종의 파리채 작전.

웬만큼 빠른 스트로크는 네트에 바짝 붙어 라켓 면만 정확하게 가져다 대도 효율적인 득점으로 이어질 수 있었다.

결국 그들은 서지영을 공략하는 대신 최강철을 선택할 수밖에 없었다.

그러나 그것도 여의치 않았다.

마치 철벽을 대하는 것 같았다.

최강철은 모든 공을 커버링하면서 공을 넘겨왔는데 그냥 넘기는 것이 아니라 빈틈을 골라서 공략했기 때문에 두 사람은 뛰어다니느라 숨이 턱에까지 차오를 지경이었다.

4 : 0으로 앞서던 경기가 역전이 되자 서지영은 팔짝거리며 뛰어와 최강철과 하이파이브를 나누며 기쁨을 숨지지 않았다.

반대로 빌 게이츠와 폴 앨런의 얼굴은 일그러질 대로 일그러졌고 지친 기색이 완연해서 초라해 보였다.

이윽고 마지막 순간이 다가왔다.

파앙!

사이드로 빠져나가는 공을 향해 정확하게 임팩트를 해서 라인 근처까지 떨어뜨린 최강철이 대시를 하면서 전진하자 예측된 경로로 빌 게이츠의 스트로크가 날아왔다.

그동안 후위에 서서 방어와 공격을 하던 최강철은 게임 매치가 되자 그동안 해왔던 전략을 버리고 거침없이 네트를 향해 전진했다.

짧고 강하게, 그리고 완벽한 폼으로 균형을 유지한다.

자신의 왼쪽으로 날아온 공을 향해 폴 앨런과 빌 게이츠의 중간으로 백핸드 발리를 쳐내자 공이 바짝 깔리며 두 사람 사이를 관통해 버렸다.

프로 선수들조차 받을 수 없는 완벽한 발리였다.

"아이고!"

"와아, 강철 씨. 최고!"

빌 게이츠와 폴 앨런의 입에서는 비명이 흘러나왔고 서지영의 입에서는 찬사가 터져 나왔다.

게임을 끝내는 그의 발리는 예술처럼 아름다웠다.

"허리케인, 복싱을 하면서 도대체 테니스는 언제 친 겁니까?"

"하하… 오랜만에 쳐서 그런가 잔뜩 헤맸는걸요. 조금 연습하면 이번보다 훨씬 좋아질 겁니다."

"지금보다 더 잘 치면 선수 해도 됩니다. 우리가 웬만하면

지지 않는데 정말 놀라워요. 얼마나 빠른지 빈틈을 찾을 수 없었어요. 정말 대단합니다."

"너무 띄우지 마십시오. 두 분이 봐줘서 이긴 거죠. 제대로 했으면 우리가 이길 수 있었겠어요. 숙녀가 있어서 제대로 플레이를 못 하신 거 잘 알고 있습니다."

"어이구, 처음엔 그랬지만 나중에는 최선을 다했다고요. 우린 정말 놀랐습니다."

"가시죠, 약속대로 밥은 사셔야죠?"

"물론입니다."

일행은 테니스장을 벗어나 빌 게이츠가 예약해 놓은 식당으로 향했다.

간단하게 샤워를 하고 식당에 도착했을 때는 1시간이 조금 넘었는데 그사이에 두 사람은 말끔한 양복으로 갈아입은 상태였다.

최강철의 눈에는 그들의 모습이 전쟁을 하기 위해 전투복으로 갈아입은 것처럼 여겨졌다.

식사를 하는 동안 일행은 테니스를 화제로 즐겁게 웃으며 대화를 나눴다.

하지만 모든 사람이 안다.

웃고 떠드는 지금 이 순간 속으로는 수많은 생각이 오고 가는 중이라는 걸.

이윽고 모든 식사가 끝나자 먼저 입을 연 것은 최강철이었다.

"빌, 우리에 대해서 알아보셨나요?"

"음… 솔직히 말하죠. 우린 당신네가 정말 특허를 출원했고 다음 주에 등록이 완료된다는 걸 확인했습니다. 그리고 마이다스의 자금력에 대해서도 체크를 했습니다. 허리케인의 말대로 상당히 건실한 회사더군요. 하지만 시간이 부족해서 연구소의 존재는 확인하지 못했습니다."

"이틀 만에 많은 것을 알아내느라 고생이 많으셨습니다. 우리 연구소의 위치는 비밀입니다. 워낙 중요한 개발을 하고 있기 때문에 남들이 알 수 없도록 철저히 보안을 유지하고 있으니 찾아내기 어려웠을 겁니다."

"그렇군요."

"자, 그럼 본론을 이야기해 볼까요. 알아볼 건 다 알아봤을 테니 결론을 내셨겠죠. 빌, 어떤 결론을 내렸습니까?"

최강철이 지그시 바라보며 답변을 요구하자 빌 게이츠의 눈이 잠깐 폴 앨런 쪽을 향했다가 돌아왔다.

돌아온 그의 눈은 무거워져 있었는데 흘러나오는 음성도 그에 못지않게 무거웠다.

"우린 협상할 의향이 있습니다. 그러나 당신들의 특허가 어떤 내용인지 알지 못하는 한 세부적인 협상으로 들어갈 수 없습니다."

"결국 가진 패를 먼저 까라, 이 말씀이군요."

"그렇지 않으면 어떻게 협상이 되겠습니까. 우리는 윈도우 2.0버전까지 출시한 회삽니다. 하지만 당신네는 전혀 이름조차 없고 제품 출시조차 못 한 회삽니다. 그런 회사가 기존 회사를 상대하려면 가지고 있는 패를 먼저 까야 되는 거 아니겠어요?"

"생각해 보니 맞는 말씀이군요. 그렇다면 우리 특허 내용을 말씀드리죠."

최강철이 희미한 웃음을 지으며 말을 잠시 끊자 빌 게이츠와 폴 앨런의 얼굴에서 긴장감이 떠올랐다.

드디어 상대의 패를 확인하는 순간이었다.

"우리는 컴퓨터 유저가 인터페이스에 쉽게 접근할 수 있게 아이콘을 이용한 진보된 프로그램 운영체제를 개발했습니다. 혹시 아이콘이 뭔지 아십니까?"

"으… 아이콘……."

"디스플레이 화면에 작은 그림이나 기호를 만들어서 기능을 쉽게 사용할 수 있게 만드는 것이죠. 아실 텐데요. 워낙 사용성이 없어 사장되다시피 했기 때문에 잊어버리셨나?"

최강철의 말이 떨어지자 두 사람의 입에서 동시에 신음 소리가 흘러나왔다.

아이콘.

컴퓨터 화면에서 조그마한 그림 또는 기호를 만들어 쉽고 직관적으로 기능을 표시해 주는 것을 아이콘이라 부른다.

최강철은 MS가 나스닥에 상장했다는 것을 알고 난 후 시간이 맞지 않았음을 후회했으나 아직 정상 궤도에 오르지 못했다는 것을 알고부터 기술의 선점을 고민해 왔다.

그러다가 번뜩 아이콘이라는 단순하고도 획기적인 기술을 미리 선점해 놓으면 MS가 꼼짝하지 못할 것이란 생각 끝에 제록스의 초기 특허 내용을 100만 달러에 사들인 후 진화된 아이콘 운영체제에 대한 특허를 출원했다.

빌 게이츠와 폴 앨런은 자다가 뒤통수를 맞은 사람들처럼 한동안 멍한 상태로 움직이지 못했다.

전혀 상상하지 못했던 기술이 최강철의 입에서 흘러나오자 그들은 번갈아 가며 신음을 흘리고 있었는데 꽤나 충격이 컸던 모양이다.

윈도우 2.0의 실패는 잦은 버그 발생에도 이유가 있었지만 근본적인 이유는 목록을 찾아 들어가 프로그램을 실행하는 관리자 시스템이 복잡했기 때문이다.

그랬기에 그들은 윈도우 3.0의 개발을 시작하면서 효율적인 프로그램 관리를 최우선 과제로 두고 개발 계획을 세우고 있는 중이었다.

윈도우 2.0에도 아이콘에 대한 극히 초보적인 기능이 있다.

그것을 아이콘이라 공식적으로 명명하지 않았고 중요하다 생각하지 않았는데 새로운 환경에 효율적으로 대처하기 위해 아이콘을 활용한 프로그램 관리 시스템을 만들었다고 하자 망치로 얻어맞은 기분이 들었다.

하지만 그들을 바라보는 최강철의 표정은 여유가 흘러넘쳤다.

"특허에는 한 가지가 더 들어 있습니다."

"다른 것도 있단 말입니까?"

"멀티미디어 확장으로 CD 롬 드라이브 지원과 오디오 지원 기능을 추가하는 것입니다."

"으……."

더 이상 듣다가는 죽을 것 같았다.

최강철이 말한 것들은 그들이 추구하는 핵심 기술들이었기 때문이다.

그러나 최강철은 거기서 그치지 않았다.

"우리 연구소는 앞으로 작업자가 두 가지 이상의 작업을 동시에 처리하거나, 두 가지 이상의 프로그램들을 동시에 실행하는 멀티태스킹에 주목하고 있습니다. 어떻습니까, 이 정도면 구미가 당기시나요?"

"…솔직히 놀랍다는 말밖에 할 수 없군요. 허리케인, 우리에게 다시 이틀만 시간을 주시오. 그런 다음 당신의 제안에 대답을 하겠소. 단, 우리가 볼 수 있도록 특허의 내용이 필요합니다. 그래줘야 우리 쪽도 결론을 내릴 수 있으니까요."

"그러세요. 하지만 간을 보는 것은 이번뿐입니다. 시간을 끌면서 다른 짓을 한다면 그게 얼마나 어리석은 짓인지 확인시켜 드리겠습니다. 부디 현명한 결정을 내리기 바랍니다."

이틀 후 같은 장소.

정장을 차려입고 나온 빌 게이츠와 폴 앨런의 얼굴은 가면을 쓴 것처럼 잔뜩 굳어져 있었다.

최강철은 클로이를 통해 받은 특허 내용을 그들 앞에 내놨는데 두 사람이 번갈아 가며 읽어본 후 한숨을 길게 흘려냈다.

그들 앞에 놓인 특허는 MS와 경쟁 관계에 있다가 회사가 어려워져 빠져나온 비치코프사와 디지털 리서치사의 기술진들을 스카우트해서 마이클 델이 직접 만든 것이었다.

물론 대부분의 디자인과 기술적인 콘셉트들은 최강철이 주도했다.

미래의 지식은 아직 초보적인 윈도우 기술 개발에 결정적인 영향력을 줄 수 있기 때문이다.

"빌, 다 보셨으면 이제 결론을 말하시죠."

"나는 우리 연구진과 회의를 거쳐 특허 내용을 확인 후 당신네 회사와 공동 개발 하는 것으로 의견을 모았습니다."

"그래서요?"

"당신들의 특허는 충분히 훌륭한 것들입니다. 하지만 한 가지 더 물어봐야 할 게 있습니다. 이 특허 기술들이 얼마나 진척되었냐는 것입니다."

"아직 완성되지 않았습니다. 하지만 이 정도의 콘셉트와 구체적인 활용 방안이 잡혀 있는 이상 개발하는 데 시간이 얼마나 걸릴 것 같습니까?"

두 눈을 똑바로 바라본 채 물었다.

여기서 주저하거나 망설이면 이 협상의 주도권이 넘어갈 수도 있었다.

강철 같은 심장.

그 뜨거운 심장으로 빌 게이츠의 기를 확실하게 눌러놔야 협상을 유리하게 이끌 수 있을 것이다.

"문제는 세부적인 조건인데… 허리케인, 당신이 먼저 조건을 말하시오. 우리한테 얼마를 원하는 거죠?"

"내가 알기로 MS 측은 지금 구체적인 연구 결과가 하나도 없습니다. 반면에 우리 마이다스는 특허 등록이 다음 주면 나오고 연구도 상당히 진척된 상황입니다. 그러니 우리가 더 많은 지분을 가져야 된다고 생각합니다."

"우리는 마이다스의 연구 진척 정도를 지금 하나도 모르는 상탭니다. 그런 상황에서 어떻게 그런 조건에 동의할 수 있겠습니까. 그건 말도 안 되는 일이오."

"빌, 당신도 알 텐데요. 신기술의 진척 정도는 협약이 완료되었을 때 믿음을 가지고 노출하는 겁니다. 반대로 당신네의 연구가 얼마나 진척되었는지 내가 보자고 한다면 보여주실 수 있을까요? 나는 MS의 연구가 초보 단계라고 확신합니다. 그러나 우리는 당신이 확인한 것처럼 운영 프로그램에서 가장 중요한 역할을 하는 기술들까지 출원해 놓았어요. 이런데도 그런 소리를 할 수 있겠습니까."

"음……."

"내가 MS를 사업 파트너로 생각한 건 당신네가 보유하고 있는 연구진과 사업망, 그리고 빌 당신에 대한 믿음 때문입니다. 난 당신이 내 제안을 거부하면 언제든지 워싱턴을 떠날 준비가 되어 있습니다."

"윈도우는 우리의 미래입니다. 당신네 회사가 지분을 더 가져간다면 우리 MS는 회사 존립이 위태로워질 수도 있어요. 그러니 당신의 제안은 곤란합니다."

"싫다는 뜻인가요?"

"그게 아니라… 우리의 입장도 생각해 달라는 겁니다."

"좋습니다. 그렇다면 이렇게 하죠. 어차피 우리는 사업망이 없으니 MS 쪽에 우리의 특허권과 연구 결과를 맡기겠습니다. 대신 윈도우에서 얻어지는 이익의 45%를 우리 마이더스 CKC에서 받겠습니다. 다시 말해서 경영권을 확보해 드리겠다는 말씀입니다."

"단순한 특허권 사용료로 45%는 말도 안 됩니다. 연구 개발에 필요한 투자 비용, 그리고 기술진들의 참여 등 세부적인 것들이 50 대 50이라 해도 우리에게는 지금까지 쌓아온 신용과 판매망, 윈도우에 대한 원천 기술들이 있습니다. 그런 모든 것을 감안했을 때 당신의 요구는 너무 과합니다."

"그럼 얼마를 내놓겠단 말입니까?"

"30%라면 생각해 보겠습니다."

"음… 30%라. 휴우… 너무 적은데……. 그럼 이렇게 합시다. 차세대 윈도우 개발에 필요한 투자 비용은 50 대 50으로 하되 지금까지의 연구 결과만 넘겨주겠소. 대신 우리는 연구 개발에 더 이상 참여하지 않는 것으로 하지요."

"정말입니까?"

빌 게이츠가 펄쩍 뛰면서 반문을 했다.

너무 쉽게 최강철이 물러서자 믿겨지지 않는다는 얼굴이었다.

연구 개발의 핵심 기술을 선점한 최강철이 고집을 부렸다면 그는 결국 패배를 자인하며 물러설 생각이었기 때문이다.

더군다나 지금까지의 연구 결과만 주고 연구진이 참여하지 않는다는 조건은 절이라도 하고 싶을 정도로 펄쩍 뛸 만큼 유리한 것이었다.

다른 회사의 연구진과 공동으로 연구한다는 것은 최종 목적물이 나올 때까지의 비밀 유지와 기술 유출이 우려되었고 의견 충돌에 대한 분쟁이나 기타 불협화음이 발생했을 때 속수무책이었기 때문이다.

최강철이 입을 연 것은 그가 당장에라도 절을 할 것처럼 허리가 굽혀졌을 때였다.

"내가 30%에 합의하는 조건이 한 가지 더 있습니다."

"그게 뭡니까?"

"이번 계약에는 우리의 원천 기술이 들어간 윈도우의 개량형까지 모두 포함된다는 것입니다."

"개량형까지는 곤란합니다. 우리는 윈도우의 버전 업을 할 때마다 수많은 투자 비용이 발생합니다."

"하하… 빌, 이익금이란 회사의 운영과 투자 비용, 그리고 인건비를 포함해서 기타 경비를 모두 제외하고 남는 돈을 말하는 겁니다. 내가 내민 조건은 윈도우에서 출시되는 이익금의 30%였습니다. 더군다나 우리 원천 기술과 연구 결과를 토대로 만들어지는 데 윈도우 개량형이 빠진다는 게 말이 된다고 생각하세요?"

"음……."

할 말이 없을 것이다.

당연한 논리였고 빌 게이츠 자신도 충분히 알면서 버텨본 것일 테니 신음이 절로 나오는 게 당연했다.

빌 게이츠는 아직도 자신을 단순한 복싱 선수라고 생각하는 모양이다.

세상의 모든 단맛 쓴맛을 다 본 자신에게 그 정도 트릭은 아무것도 아니란 걸 아직도 그는 모르고 있었다.

"저번에도 말씀드렸지만 나는 오늘 당신의 대답 여부에 따라 애플 쪽과 협상할 의향이 있는 사람입니다. 설마 그러기를 바라는 건 아니겠죠?"

"그럴 리가요. 좋습니다. 당신의 제안을 받아드리겠습니다."

뉴욕에서 클로이와 황인혜가 이끄는 마이다스의 협상 팀이 날아온 것은 그로부터 이틀 후였다.

미리 지시를 받은 클로이는 법률 자문까지 받아가며 서류를 꼼꼼히 챙겨왔는데, 기업 투자 경험이 있는 서지영까지 참여해서 꼬박 하루 동안 최강철의 감수를 거쳐 계약 서류를 완성했다.

계약서를 넘겨받은 MS 쪽도 전문 변호사를 대동해서 나왔기 때문에 계약의 세부 내용은 수시로 고쳐져 최종 사인이 나올 때까지 또 이틀이 걸렸다.

미래를 알고 있는 최강철에게는 피가 마르는 시간이었다.

심각한 얼굴로 계약서에 사인을 한 빌 게이츠는 이 계약이
얼마나 엄청난 것인지 모른다.

현재의 MS가 멀지 않은 미래에 세상에서 가장 거대한 공룡
으로 변한다는 것을 알았다면 그는 이 계약 내용을 두고두고
후회하게 될 것이다.

뉴욕으로 돌아온 것은 일정보다 5일이 더 걸린 12일 만이
었다.

MS와의 계약을 마치고 서류를 챙겨 비행기를 탈 때까지의
피 말리는 시간은 지금 생각해도 가슴이 떨릴 정도로 긴장된
시간들이었다.

모든 계약을 끝내고 빌 게이츠와 악수를 한 후 여유 있게
회의장을 빠져나올 때까지 포커페이스를 유지했으나 그들의
모습이 보이지 않자 최강철은 서지영을 끌어안고 만세를 불렀
다.

이제 몇 년 후부터 그에게는 이 계약으로 인해 천문학적인
돈이 쏟아져 들어올 것이다.

양심의 가책은 받지 않았다.

MS에서 했던 수많은 불법과 비양심에 비하면 자신이 한 짓
은 아무것도 아니다.

그리고 뭐가 잘못이란 말이냐. 현재에서 아직 개발되지 않은 미래의 지식을 이용해 기술을 선점한 것은 남의 것을 도둑질한 것이 아니었으니 누가 손가락질을 할 수 있단 말인가.

앞으로도 이런 일을 멈출 생각이 없다.

악마에게 영혼마저 저당 잡힌 인생인데 무엇이 두렵고 무엇이 부끄러울까.

이렇게 번 돈으로 내가 원하는 것들을 할 수만 있다면 나는 어떤 짓이라도 할 의향이 있었다.

*   *   *

최강철이 오랜만에 집으로 돌아왔을 때 윤성호와 이성일이 팔짱을 낀 채 기다리고 있었다.

그들의 얼굴은 잔뜩 굳어져 있었는데 못마땅한 기운이 철철 흘러넘쳤다.

"신혼여행 잘 다녀왔냐?"

"신혼여행이라뇨?"

"지영이하고 둘이서 여행 갔잖아. 그게 신혼여행이지 뭐야!"

윤성호가 소리를 빽 질렀다.

시합을 앞두고 훈련을 뒤로 미룬 채 여행을 간 것도 못마땅한데 약속한 기간까지 어기자 화가 난 모양이었다.

"일 때문에 가는 거라고 말했잖아요. 늦은 건 일이 지체되었기 때문이에요. 인혜 누나가 전화한다고 했는데 안 했어요?"

"인혜 씨도 거기에 있었어?"

"그럼요."

"좋다, 일 때문에 그렇다고 치자. 그래도 난 이해하지 못하겠어. 복싱 선수면 복싱 선수답게 살면 안 되겠냐. 돈 벌 거면 복싱 때려치우고 사업을 해, 인마!"

"화 나셨어요?"

"이 자식아, 시합이 두 달밖에 남지 않았어. 난 네 코치고 훈련을 시켜야 하는 사람이야. 선수가 훈련할 생각 없이 돌아다니기만 하면 넌 어떨 것 같냐?"

"관장님, 일도 끝났으니 이제부터 열심히 할게요. 그러니까 화 푸세요."

"휴우… 정말이지?"

"그럼요."

"알았어, 피곤할 테니까 들어가서 씻고 쉬어. 모레부터 훈련 들어갈 거니까 각오하고."

"알았습니다."

윤성호가 등을 돌려 자기 방으로 돌아가자 대신 이성일이 슬쩍 나섰다.

그의 목소리는 윤성호와 달리 사근사근했는데 말리는 시누이를 연상시켰다.

"그러니까 이 자식아, 왜 약속 시간을 안 지켜. 기다리는 사람도 생각해야지."

"관장님 많이 기다렸냐?"

"우리 관장님 좀생이잖아. 네가 안 오니까 매일 안절부절못했어."

"하아… 하긴, 그 성격이 어디 가겠냐."

"강철아, 도대체 거기 가서 뭐 한 거야. 인마, 뭘 하러 가는지 얘기라도 해주고 가야 딜 궁금하지."

"말하면 뭐 해. 맨날 골치 아픈 건 말하지 말라던 놈이 별소릴 다하네."

"크크… 그랬나. 어쨌든 좋았겠다."

"뭐가?"

"지영 씨하고 보름 동안이나 같이 지냈잖아. 조심은 했지?"

"뭘 조심해?"

"실수해서 애라도 가지면 젊은 나이에 장가가는 불상사가 생길 수 있어. 더군다나 너한테 그런 일 생기면 관장님하고 나는 칼 물고 죽어야 해. 그러니까 항상 조심하라고."

"에라, 이 미친놈아!"

최강철의 왼손이 번개같이 움직여 이성일의 뒤통수를 후려

갈겼다.

하지만 이성일은 이미 더킹을 하면서 뒤로 빠졌기 때문에 최강철의 왼손은 허공만 가르고 말았다.

대단한 놈이다.

세계 챔피언의 기습까지 알아채고 도망친 놈의 순발력은 혀를 내두를 정도로 훌륭했다.

*   *   *

최강철의 1차 방어전 상대 존 하인스는 북미 랭킹에도 없는 이류급 선수였다.

그럼에도 그가 IBF 랭킹에 오를 수 있었던 것은 결국 선수 수급이 어려운 IBF 쪽에서 어느 정도 경력만 있으면 마구 랭킹에 올려놨기 때문이다.

18승 12패.

거기다 KO승은 8번밖에 없었고 12번의 패배 중에는 7번이나 캔버스에 쓰러진 전적이 있었기 때문에 펀치력이나 맷집도 경계할 정도는 아니었다.

더군다나 복서로서는 생명력이 다해가는 34살의 나이였고 이미 결혼해서 가정까지 있는 사람이었다.

두 달이란 시간 동안 최강철은 여유를 두면서 자신의 무기들을 점검해 나갔다.

언제부턴가 일주일 정도만 강화 운동을 하면 근육들이 팽팽하게 당겨지며 체력이 충전되기 때문에 미친 듯이 훈련할 이유가 없었다.

제프 카터 없이 혼자 분석실로 들어간 이성일은 일주일 만에 나타났는데, 존 하인스에 대한 모든 자료를 분석해서 내놨다.

예상한 것처럼 지금까지 상대해 왔던 선수들보다 훨씬 수준이 떨어졌기 때문에 이성일조차도 긴장하지 않을 정도였다.

그럼에도 윤 관장은 철저하게 스케줄을 짜놓고 최강철을 괴롭혔다.

어떤 상대라도 최선을 다해 준비하지 않으면 불의의 일격을 당할 수 있다는 게 그의 신념이었다.

시합이 코앞으로 다가오자 모든 언론은 최강철을 주목했다.

그의 연속 KO승이 계속될 것이냐는 것과 이번 경기가 끝난 후 양대 기구의 챔피언들과 통합 타이틀전 성사가 주요 이슈였다.

수많은 기자가 그의 연습 장면을 지켜보며 매일 기사를 내보냈고, 한국 측에서는 벌써 일주일 전부터 방송국과 기자들이 날아와 그를 취재하는 중이었다.

존 하인스는 공식 인터뷰 장소에서 이길 수 있다며 큰소리를 쳤으나 목소리에 힘이 담겨 있지 않았다.

그 역시 자신의 수준이 최강철에게 못 미친다는 알고 있기 때문이다.

드디어 시합 당일이 다가왔다.

이번에도 경기장은 최강철의 홈 링인 메디슨 스퀘어가든이었다.

빅 이벤트가 아니었음에도 허리케인을 열광하는 복싱 팬들로 가득 찬 메디슨 스퀘어가든은 뜨거운 열기로 가득 차 있었다.

모든 준비를 끝내고 메인이벤트가 시작된다는 사회자의 안내 방송이 텔레비전을 통해 흘러나오자 진행 요원이 출전해 달라는 사인을 보내 왔다.

윤 관장의 입이 불쑥 열린 것은 최강철이 자리에서 일어났을 때였다.

"강철아."

"예."

"너는 처음 데뷔할 때 어떤 마음으로 링에 올랐냐?"

"죽을 각오로 싸우겠다는 생각을 했습니다."

"그래, 나도 그랬다. 그럼 네 상대인 존 하인스는 어떤 생각으로 오를 것 같냐."

"……."

"그놈은 지금까지 주목받지 못한 복싱 인생을 살아왔을 거다. 그리고 지금 이 순간을 그 친구는 마지막 기회라고 생각할 거야. 사람의 인생에서 마지막이란 것이 어떤 의미인지 알지?"

"압니다."

"절대 얕보지 마라. 죽기를 각오하고 싸우는 놈은 언제나 괴력을 발휘하는 법이야."

"그러겠습니다."

"나는 최근 들어 많은 고민을 했다. 내가, 그리고 네가 현실에 너무 안주하고 있는 게 아닌가 하는 걱정을 했어. 우리 꿈은 이게 다가 아니잖아. 강철아, 우리 꿈이 뭐냐?"

"진정한 챔피언입니다."

"그래, 진정한 챔피언. 누구나 우러러보는 그런 챔피언이 되는 것이지. 그것을 이루기 전까지는 우리 꿈이 이뤄진 게 아니야. 알았어?"

"새겨듣겠습니다."

"맹수는 사슴을 잡는 데도 최선을 다하는 법이다. 절대 서두르지도, 얕보지도 말아라. 그렇다고 너무 신중하란 뜻은 아니니까 잘해주기 바란다."

"예."

윤성호의 말을 들으며 최강철이 빙그레 웃었다.

이 사람, 자신에게는 선물과 같은 사람이다.

자신이 가지고 있던 조금의 자만심과 조금의 안일함이 눈에 보였던 게 분명했다.

그래, 맞다.

자신의 꿈은 IBF 챔피언으로 그치는 것이 아니라 누구도 넘볼 수 없는 무적의 챔피언이 되는 것이다.

그럼에도 상대가 약자라는 생각과 벌여놓은 사업에 대한 성과로 인해 잠시 마음을 놓고 있었던 건 사실이다.

하지만 관장님.

나는 허리케인 최강철입니다.

악마에게 영혼을 저당 잡힌 채 인생을 살아가는 미친놈이란 말입니다.

최강철이 경기장으로 들어서는 순간부터 메디슨 스퀘어가든은 광란의 현장으로 변했다.

"허리케인, 허리케인!"

관중들은 그가 링에 올라가 손을 번쩍 치켜들 때까지 연호를 멈추지 않았는데 전부 자리에서 기립해서 열렬한 박수로 그를 맞아들였다.

그들이 이렇게 열광하는 이유는 무엇일까.

그것은 아마 링에 설 때마다 사람의 심장을 뜨겁게 달궈놓는 최강철의 경기 스타일 때문일 것이다.

전사의 피가 살아 움직인다.

링에서 상대와 마주칠 때마다 최강철의 눈에서는 살기가 쏟아져 나왔고 무서운 투지로 적을 압박하며 무차별적으로 때려 부쉈으니 관중들은 그에게서 간절하게 원하던 자신의 꿈을 봤을 것이다.

강력한 힘을 가진 장군이 되어 전장을 누비는 영웅이 되는 꿈 말이다.

최강철은 무표정한 얼굴로 식이 끝나기를 기다렸다가 코너로 들어와 마우스피스를 물었다.

링에 오르자 모든 것이 사라졌고 오직 상대방만 눈으로 들어왔다.

윤성호의 말처럼 존 하인스의 눈에서는 두려움이 사라져 있었고 오직 끝까지 싸우다가 장렬하게 전사하겠다는 전사의 의지가 자리 잡고 있었다.

좋다.

그래야지. 그게 바로 내가 바라는 거야.

링에 오르는 순간 목숨을 버릴 각오가 있어야 진정한 복서가 되는 것이다.

지금까지 당신이 어떻게 싸워왔는지 모르나 지금의 그 모습이라면 결과와 상관없이 존경받을 복서로 충분하다.

공이 울리자 링의 중앙으로 걸어 나갔다.

가볍게 주먹을 부딪친 후부터 존 하인스는 무차별적으로 펀치를 휘두르기 시작했다.

펀치를 피하면서 그의 눈을 봤다.

과연 어떤 생각을 가지고 있는지 알고 싶었기 때문이다.

그렇구나.

존 하인스는 자신의 몸이 재가 될 때까지 장렬하게 싸우다가 산화하겠다는 생각을 가지고 있는 것이 분명했다.

펀치의 각도가 둔하다. 펀치의 스피드도 스텝의 유연성도 지금까지 상대해 왔던 자들보다 확연히 떨어진다.

그럼에도 그가 던지는 주먹 하나하나에는 자신의 혼이 담겨 있어 맞으면 치명상을 입을 만큼 날카로웠다.

위잉, 위잉.

방어는 생각조차 하지 않는 일방적인 공격.

최강철이 물러날 때마다 그는 이를 악물고 몸으로 부딪쳐 오며 펀치를 날렸다.

두 아이의 아버지라고 들었다.

그래서 그런가, 그의 눈에 담겨 있는 승리의 갈망이 너무나 처연하게 보였다.

무슨 사연을 가지고 있는 걸까.

당신은 어떤 이유로 이렇듯 승리를 하고 싶어 몸부림치는 것이냐.

1라운드 내내 그의 주먹을 피하며 경기를 이끌어 나갔다.

스피드를 맞춰주었고 그의 돌진을 허락하며 공격을 그대로 받아들였다.

이것이 내가 당신에게 주는 배려다.

당신의 아이들과 아내에게 마지막 순간까지 최선을 다했다고 말할 수 있도록 해준 작은 배려니 이것을 동정이라고 생각하지 말아주길 바란다.

관중들의 입에서 탄식이 흘러나왔다.

1라운드 내내 존 하인스가 일방적으로 최강철을 몰아붙이는 장면을 보면서 그들은 너무 놀라 미처 반응조차 보이지 못했다.

전혀 예상치 못했던 전개였기 때문이다.

"이 자식아, 너 미쳤어!"

"왜요?"

"왜 맞아주는 거냐? 사이드로 빠지지 않는 이유가 뭐냐고!"

"간을 보는 겁니다. 어느 정도 능력이 있는지 확인해 본 거예요. 이제 끝낼 테니 그만 침 튀기세요. 얼굴에서 냄새 난단 말입니다."

"우와, 이 미친놈… 잡혀주면 위험해. 공격을 하든지 뒤로 물러나란 말이야. 이 자식아, 시합이 장난이냐? 제대로 하지 않으면 타월 던질 거니까 알아서 해!"

윤성호의 고함 소리를 들으며 링의 중앙으로 나왔다.

존 하인스는 1라운드의 돌진이 먹혔다고 생각했던지 2라운드에 들어와서도 맹렬하게 공격을 하기 시작했다.

하지만 여기까지다.

최강철은 황소처럼 돌진해 온 존 하인스의 몸통을 어깨로 들이박으며 뒤로 물러서지 않았다.

그러고는 번개같이 좌우 숏 훅으로 복부를 때린 후 좌측으로 한 발 비켜나며 거리를 확보했다.

존 하인스의 눈이 당황함으로 물드는 게 보였다.

지금까지 줄곧 밀리기만 하던 최강철의 몸은 마치 콘크리트 벽을 민 것 같은 느낌이 들었기 때문이다.

그것뿐이 아니다.

번개처럼 터진 그의 양 훅에 옆구리가 찢어지는 것 같은 충격이 오며 몸이 제대로 움직이지 않았다.

그때, 최강철의 눈에서 푸른 섬광이 흘러나오는 게 보였다.

콰앙!

거리를 확보한 최강철의 스트레이트가 번개처럼 존 하인스의 얼굴을 직격했다.

단 한 번의 공격으로 존 하인스의 전진은 끝났다.

비틀.

존 하인스는 단 한 번의 강력한 반격에 휘청거리며 뒤로 물러섰다.

그것이 끝이다.

최강철은 뒤로 물러서는 그를 따라 들어가며 전매특허인 콤비네이션 펀치를 무려 20발이나 터뜨렸다.

가딩의 의미는 없다.

그의 콤비네이션 펀치는 아무리 강한 가딩도 때려 부수는 파괴력이 있기 때문에 결국은 치명상을 입고 쓰러진다.

지금까지 상대해 왔던 자들이 그랬고 존 하인스도 예외는 아니었다.

2라운드 1분 13초.

최강철이 존 하인스를 꺾고 1차 방어선에 성공한 시간은 불과 4분 13초가 걸렸을 뿐이었다.

제27장
통합 타이틀전 I

존 하인스가 쓰러지자 관중들은 자리를 박차고 일어나 최강철의 승리를 축하해 주었다.

어찌 보면 싱거운 승부였을 것이다.

1라운드에서 일방적인 공격을 당했으나 2라운드에 들어서면서 본래의 모습을 되찾은 최강철은 무적 그 자체였다.

짧지만 강력한 카타르시스의 경험에 온몸이 떨려왔다.

대적 불가다.

도전자가 비록 수준 이하라 해도 2라운드에서 보여준 최강철의 복싱은 넘을 수 없는 산을 보는 것 같았다.

그랬기에 그들은 돈과 시간을 전혀 아까워하지 않았다.

허리케인의 경기를 본 것만으로 충분히 이곳까지 온 이유를 찾을 수 있었다.

더군다나 그들을 열광에 사로잡히게 만드는 일은 경기가 끝난 후 찾아왔다.

장내 아나운서와 인터뷰를 하던 최강철이 폭탄 발언을 터뜨렸기 때문이다.

"7년 전 저는 현 WBA 챔피언인 마크 브릴랜드와 아마추어 세계 선수권대회에서 싸운 적이 있습니다. 그때의 저는 전혀 이름이 알려지지 않았던 무명의 신인이었고 마크는 누구나 인정하는 테크니션으로 각종 대회를 석권하던 강자였습니다. 하지만 저는 그 대회에서 마크 브릴랜드를 쓰러뜨렸습니다. 무명의 신인이 기적을 일으킨 것이죠. 그 후 그는 제가 프로로 전향한 84년 올림픽에서 절치부심 끝에 금메달을 따냈습니다. 경의를 표하는 바입니다. 패배의 상처를 극복하고 정상에 올랐다는 건 그의 노력과 의지가 대단하다는 걸 의미하기 때문입니다. 이제 그는 프로로 전향해서 WBA 세계 챔피언에 올랐습니다. 아마와 프로를 모두 석권한 그의 테크닉은 놀라울 정도로 뛰어났습니다. 그러나 그가 진정한 챔피언이 되기 위해서는 과거 저에게 패배했던 기억을 지워야 합니다. 수많은 관중과 시청자들 앞에서 마크, 나는 당신과의 결투를 신청코자 합니다. 다시 말하지만 당신은 나를 이기지 못하는 한 영원히 패자로 살아가야 할 겁니다. 기회를 주겠다는 말입니다. 당신은 나를 이겨야 진정한 챔피언이 될 수 있습니다. 그러니 도전을 받아주길 바랍니다. 그리고 관중 여러분들과 지금 텔레비전에서 저와 함께하고 있는 복싱 팬께 부탁드릴 게 있습니다. WBA 측에서는 IBF를 인정하지 않으며 저의 도전을 받아들이지 않는다고 합니다. 여러분, 도와주십시오. 허리케인과 링의 마술사 마크 브릴랜드의 경기가 성사될 수 있도록 WBA를 설득시켜 주시면 고맙겠습니다. 그러실 수 있겠습니까?"

최강철이 말을 끝내며 마이크를 들어 관중들 쪽으로 내밀었다.

관중들의 대답을 들어보겠다는 시늉이었다.

그러자 메디슨 스퀘어가든을 가득 메웠던 관중들이 거대한 함성으로 그의 질문에 대답했다.

"걱정 마라, 허리케인. 우리는 너를 지지한다."

"WBA는 허리케인과 마크 브릴랜드의 시합을 승인하라!"

"우린 진정한 챔피언을 원한다. 싸워라, 싸워라!"

돈 킹이 찾아온 것은 경기를 끝낸 최강철이 기자들과의 인터뷰를 끝내고 호텔로 돌아왔을 때였다.

그의 옆에는 톰슨이 따르고 있었는데 얼굴에 웃음꽃이 가득 피어 있었다.

"허리케인, 잘했다."

"가능성이 있겠습니까?"

"당연하지. 아무리 WBA가 완강해도 버티지 못할 거야. 내일부터 언론이 대서특필을 하기 시작할거다. 군불은 내가 충분히 땔 테니까 걱정하지 마."

돈 킹이 자신 있는 표정을 지었다.

오늘 최강철의 폭탄선언은 미리 그와 협의를 하고 내지른 것이었다.

물론 돈 킹이 부탁하지 않았어도 하고 싶던 말이었기 때문에 전혀 거리낌이 없었다.

돈 킹은 최강철이 IBF 타이틀전을 따낸 후부터 계속해서 WBA와 접촉하고 있었으나 자신들의 명줄이 달렸다고 판단한 WBA 측에서는 절대 불가를 고수했기 때문에 협상은 한 치도 진전되지 않았다.

누구든, 어떤 단체든 남이 자신의 먹이에 숟가락을 얹는 걸 극도로 싫어하기 때문인데 그들은 IBF가 자신들의 먹이를 뺏기 위해 달려드는 하이에나로 보고 있었다.

더군다나 최강철의 파괴력은 무시무시해서 만약 이 시합이 성사라도 된다면 IBF를 인정할 수밖에 없기 때문에 그들은 막대한 돈을 뿌려대는 돈 킹의 로비에도 끄떡하지 않았다.

"돈 킹, 다시 말하지만 나는 반드시 마크와 싸울 겁니다. 만약 WBA가 끝내 통합 타이틀을 인정하지 않는다면 나는 IBF 타이틀을 버릴 생각이란 말입니다."

"이봐… 너무 극단적으로 생각하지 마."

"나는 돈 킹 프로모션 소속이지만 당신의 소유물이 아닙니다. IBF와 어떤 밀약을 했든 나는 상관하지 않겠습니다. 하지만 나를 단순한 돈벌이의 도구로 생각하지 않기를 바랍니다."

"…그럴 리가 있나. 오해가 있나 본데 나는 그렇게 생각해 본 적이 한 번도 없어. 나를 믿어주게."

돈 킹의 얼굴에서 똥 씹은 표정이 떠올랐다.

그가 최강철을 IBF 챔피언인 프레디 아두에게 도전시킨 것은 두 가지 이유 때문이다.

자신이 투자한 IBF를 최단 시간 내에 정상 궤도로 끌어 올리려는 욕심과 최강철의 인기를 이용해서 돈벌이를 하겠다는 것이었다.

그 과정에서 그는 IBF 회장인 로버트와 최강철이 챔피언이 되었을 경우 세 게임을 치른다는 계약을 했고, 만약 파기될 경우 500만 달러의 위약금을 물겠다는 사인을 했기 때문에 최강철이 WBA에 도전하기 위해 IBF 타이틀을 벗어던지면 커다란 타격을 입게 될 것이다.

물론 이런 내용을 최강철에게 말한 적이 없다.

하지만 이 여우 같은 놈은 벌써 낌새를 채고 있었던 모양이다.

돈 킹의 얼굴에서 다시 웃음이 떠오른 것은 오랜 관록에서 나온 경험과 경륜이 작동했기 때문이다.

IBF에 투자한 돈과 500만 달러란 위약금은 지금 최강철이 얻고 있는 막대한 인기에 비하면 아무것도 아니다.

비록 타격이 있을지 모르나 최후의 순간에는 모든 것을 버릴 각오도 돼 있었다.

"허리케인, 솔직히 말하지. 내가 탈세와 사기 혐의로 몇 년간 쉬는 동안 복싱 세계는 밥 애런에게 전부 넘어간 상태네. 미친놈처럼 유망주들을 스카우트하고 있지만 밥 애런이 휩쓸어간 스타들에게는 상대가 안 되지. 그런 나에게 유일한 영웅은 허리케인 자네뿐일세. 나를 믿게. IBF와의 밀약 같은 건 중요하지 않아. 그걸로 인해 손해를 본다 해도 감수할 용의가 있단 말일세. 만약 WBA에서 끝내 받아들이지 않는다면 자네 마음대로 해. 나는 그 어떤 것보다 자네를 더 중요하게 생각한다네."

"좋군요. 그 말 믿겠습니다. 남자의 솔직한 말은 어떤 것보다 믿음을 주는 법이지요. 돈 킹, 나는 당신을 믿고 기다리겠습니다. 이제 패는 던져놨으니 수습을 잘해주시기 바랍니다."

"얼마 걸리지 않을 거야."

"알겠습니다."

"앞으로 우리가 함께해 나갈 시간은 신뢰로 가득 차 있을 걸세. 그런 의미로 오늘 저녁은 내가 사지."

*　　　　　*　　　　　*

언론이 들끓기 시작했다.

최강철의 폭탄선언은 토씨 하나 틀리지 않고 그대로 신문과 방송을 통해 보도되었는데 이번 경기를 생중계한 한국은 물론이고 영국과 프랑스를 비롯해서 7개국이 동시에 떠들었기 때문에 전 세계의 복싱 팬들이 WBA의 태도를 성토하면서 시합이 성사되어야 한다며 입을 모았다.

특히 토머스와 샘 프라이스는 스포츠라인과 뉴욕 타임즈에 일주일 간격으로 복싱계를 양분하고 있는 WBA와 WBC의 독점적 지위에서 오는 폐단과 오만적인 행동에 대해 터뜨리며 압박을 계속했다.

최강철의 광팬인 토머스와 샘 프라이스는 약속을 한 것처럼 번갈아가며 특집을 실었는데 시합이 성사될 때까지 물러서지 않겠다는 의지가 강했다.

데스크에서 그들의 고집을 그대로 받아들여 지면을 내준

것 또한 이유가 있기 때문이다.

그들이 양대 기구에 대한 기사에 이어 최강철과 마크 브릴랜드의 대결 성사를 전제로 전력을 비교하기 시작하면서 판매 부수가 급격하게 늘어났기 때문에 데스크 쪽에서는 아예 적극적인 지원까지 할 정도였다.

<세기의 대결, 링의 마술사 마크 브릴랜드와 허리케인의 전쟁!>

자극적인 문구였지만 누구나 기대하는 제목이기도 했다.

토머스는 복싱 전문가답게 두 선수의 장단점을 분석하며 대결이 성사되었을 때 펼쳐질 것으로 예상되는 전략을 실었는데 승자에 대한 예측까지 실어서 복싱 팬들의 흥미를 끌어냈다.

그의 승리 예측은 최강철에게 기울어 있었다.

마크 브릴랜드의 스피드가 압도적이었고 긴 리치를 이용한 아웃복싱이 현란했지만 결국은 폭풍 같은 최강철의 인파이팅에 무너질 것이란 예측이었다.

*   *   *

1차 방어전을 두 달 전에 끝내고 마이애미의 별장에서 쉬고 있던 마크 브릴랜드는 토머스가 쓴 기사를 읽은 후 바닥을 향해 패대기쳤다.

　읽을수록 열이 받았고 가슴에서 분노가 끓어올라 견딜 수가 없었다.

　최강철.

　오래전 일격을 당했던 그 경기는 아직도 그의 가슴속에 비수로 찔린 것과 같은 아픔을 주고 있었다.

　최강철에게 패한 후 지금까지 한 번도 져본 적이 없었다.

　프로에 들어와서도 16전 전승을 기록하며 WBA 챔피언에 올랐으니 자신의 복싱 인생은 탄탄대로를 걸어왔다고 볼 수 있었다

　그때 그 사건이 없었다면 완벽한 복싱 인생이었다.

　최강철의 인터뷰를 보면서 가슴이 떨려 가만히 앉아 있을 수가 없었다.

　더없이 정중한 인터뷰였으나 오히려 그것이 더욱 그를 미치게 만들었다.

　─나를 이기지 못하면 당신은 진정한 챔피언이 아니다. 기회를 주겠다. 그러니 나의 도전을 받아달라.

인터뷰가 끝나자 마크 브릴랜드는 마시고 있던 맥주병을 던져 창문을 박살 내버렸다.

나는 전사다. 한 번의 실패로 화려한 영광에 상처를 입었으나 그것 때문에 좌절하지 않았고 불굴의 의지로 챔피언의 자리에 올랐다.

나는 너 따위로 인해 챔피언의 지위를 의심받을 만큼 약한 챔피언이 아니란 말이다.

눈앞에 최강철이 있었다면 당장에라도 싸우겠다고 대답하고 싶었다.

너를 두려워하지 않는다.

과거의 패배는 아직 어렸을 때의 실수에 불과한 것이었으니 다시 붙는다면 무참하게 놈을 쓰러뜨릴 자신이 있었다.

그러나 현실은 그의 의지대로 흘러가지 않았다.

당장에라도 싸우고 싶었으나 그의 뜻은 받아들여지지 않았는데 그의 코치인 마일스가 적극적으로 말렸고 프로모터인 밥 애런까지 나서서 그를 설득했기 때문이다.

그들은 아주 단순하고 간단한 이유를 들었다.

"마크, 지금은 네가 저놈보다 우월한 지위에 있다. 저놈은 지금 너를 향해 일부러 도발을 하고 있는 거야. 네 분노를 이끌어내서 시합을 성사시키는 전략을 펴는 거란 말이다. 그런 걸 뻔히 알면서 말려드는 건 바보 같은 짓이야."

"나는 말려들어도 상관없어. 저 새끼만 죽일 수 있다면 무슨 짓이라도 할 수 있다고!"

"모든 건 때가 있는 법이야. 네 가치를 생각해 봐. 너는 한두 경기를 더 치르고 듀란이나 헌즈와 붙으면 최소 1,000만 달러를 벌 수 있어. 저런 새끼와 다툴 때가 아니란 말이다. 더 높은 곳이 금방 다가오는데 하찮은 놈과 싸울 거냐. 마크, 정신 차려!"

"으……."

밥 애런의 설득에 넘어갈 수밖에 없다.

그는 최강철을 자신보다 한참 아래로 내려다보며 듀란과 헌즈와의 대결을 생각하고 있었다.

그래, 맞다.

자신의 꿈은 판타스틱4로 불리는 영웅들과 싸우는 것이었다.

한 세기를 주름잡으며 복싱 팬들에게 전설로 불리는 그들과 싸우는 것은 최강철에 대한 복수심보다 훨씬 더 중요했다.

그리고 분노보다 더 큰돈이 눈앞에 있다고 생각하자 점점 마음이 차분하게 가라앉았다.

그랬기에 언론에 일체 대응하지 않고 침묵으로 일관하며 참았다.

하지만 스포츠라인의 경기 예상을 읽고 나자 또다시 분노가 치솟기 시작했다.

견딜 수가 없었다.

놈에게 당했던 상처는 생각보다 훨씬 컸고 복수를 하고 싶다는 열망은 가슴속에 시퍼렇게 살아서 그를 괴롭히고 있었다.

하루 종일 미친놈처럼 호수를 뛰며 마음을 가라앉히기 위해 노력했으나 땀으로 범벅이 되어 집으로 돌아왔음에도 풀리지 않았다.

그럼에도 참으려 했다.

돈과 명예, 판타스틱4와의 꿈에 그리던 경기를 생각한다면 대응하지 않는 것이 최상의 방법이었으니 어떤 일이 생겨도 버텨내야 한다고 생각했다.

하지만 그 결심은 집으로 돌아와 텔레비전을 켜는 순간 물거품으로 변하고 말았다.

텔레비전에서는 NBC의 토크쇼에 최강철의 모습이 잡히고 있었다.

―저는 이 시합이 결정되지 못하는 이유가 마크 브릴랜드에게 있다고 생각합니다. WBA가 완강하게 고집을 부린다 해도 마크 브릴랜드가 저를 겁내지 않는다면 이 시합은 무조건 성사될 수밖에 없습니다. 두 선수가 모두 싸우기를 원하는 순간, WBA 쪽도 결국은 허락할 수밖에 없을 것입니다. 전 세계 복

싱 팬들이 간절하게 원하는 경기를 그들이 어떻게 막을 수 있겠습니까. 하지만 마크 브릴랜드는 기자들과 만나지 않은 채 침묵하고 있다고 합니다. 그 이유가 뭘까요? 그는 제가 두렵기 때문에 나서지 못하는 것이 아니겠습니까. 나는 마크가 그 두려움을 깨고 나오기를 바랍니다. 진정한 복서라면 패배의 두려움을 벗어던지고 과감하게 시합에 응해야 합니다.

몸이 부들부들 떨렸다. 내가 겁쟁이라고……?

그래, 최강철.

싸워주지.

이젠 돈도 명예도 다 필요 없다. 너를 죽일 수만 있다면 나는 무슨 짓이라도 할 테다.

*   *   *

스포츠라인의 토머스는 최강철이 1차 방어전을 끝내고 폭탄선언을 터뜨린 후 한 달 반 동안 그야말로 신나게 기사를 써댔다.

복싱계를 양분하고 있는 WBA와 WBC의 구조적 문제점에 대한 부분과 왜 그들이 IBF를 인정하지 않는지에 대해 분석 기사들을 썼는데 상당히 공을 들인 것이었다.

물론 그 배경에는 최강철과 마크 브릴랜드의 대결이 깔려 있었다.

복싱 기자가 이런 기사를 쓴 것은 처음이다.

양대 기구와 복싱 기자는 공생공사의 관계였기 때문에 치부를 드러내는 경우가 거의 없기 때문이다.

후속 기사로 쓰기 시작한 것은 최강철의 인기 배경과 두 선수에 대한 장단점, 대결이 성사되었을 때 각 진영에서 쓸 수 있는 전략, 승패의 결과에 대한 예상 등이었다.

마음껏 기사를 쓴다는 게 이렇게 기쁜 일인지 몰랐다.

독자들의 반응은 폭발적이었고 회사에서는 판매 부수가 급격하게 늘어나면서 그가 원하는 걸 다 들어줬기 때문에 정말 살맛 나는 나날이었다.

그러나 밝음이 있으면 어두움도 있는 법이다.

WBA와 WBC 쪽에서 명예훼손 혐의로 고소를 해왔고 마크 브릴랜드의 팬들은 연신 회사로 항의전화를 해왔기 때문에 정신이 없을 정도였다.

그럼에도 토머스는 베테랑답게 의연한 태도로 일관했다.

이 정도의 난관조차 극복하지 못한다면 연일 특종 기사를 뽑아내는 베테랑이라고 할 수 있겠는가.

토머스가 다음 기사로 준비하고 있는 것은 WBA 챔피언이 끝내 최강철의 도전을 받아들이지 않았을 경우 WBC 챔피언인 허니건과 현재 웰터급에서 활동하고 있는 듀란과 헌즈 등

판타스틱4와의 대결 가능성에 관한 것이었다.

물론 전부 쉽지 않은 시나리오다.

WBC 역시 IBF를 인정하지 않고 있으니 쉽게 성사될 일이 아니었다.

더군다나 듀란은 파나마로 돌아가 두 달 후에 벌어지는 다음 경기를 위해 훈련하는 중이었고, 헌즈는 슈퍼 웰터급으로 체급을 올려 승승장구하는 중이라 최강철과 대결하기 위해서는 첩첩산중의 난관이 남아 있었다.

하지만 괜찮다.

성사 여부와 상관없이 독자들은 이 기사가 나가면 열광을 하게 될 것이다.

상상만 해도 전율이 솟구치는 꿈의 대결을 보여주는 것만으로도 독자들은 정신없이 기사를 읽게 될 테니 판매 부수는 계속 상승할 게 분명했다.

"잘돼가나?"

"뭐가요?"

"내일 기사 다 쓴 거냐고. 위에서 기대가 커. 요즘 우리 신문은 자네가 다 먹여 살린다면서 사장님이 아주 좋아하셔."

"거의 다 써갑니다. 이거 나가면 꽤 반응이 좋을 테니까 사장님한테 보너스나 듬뿍듬뿍 주라고 하세요."

"푸하하, 알았네. 기사 다 쓰면 즉시 보여줘. 나도 궁금하단 말일세."

국장인 스미스가 껄껄 웃으며 그의 어깨를 두드려 준 후 등을 돌렸다.

요즘 들어 잔소리 대가인 국장은 그에게 가급적 기사에 대해서 어떤 시비도 걸지 않고 지켜보기만 한다.

워낙 그가 생산해 내는 기사가 독자들에게 좋은 평을 받기 때문인데 윗선에서 칭찬을 많이 듣는다고 들었다.

일주일에 한 번씩 특집 기사를 준비하는 건 쉬운 일이 아니었다.

자료를 준비하고 전문가들과 인터뷰를 해야 했으며, 기사까지 준비하면 일주일이 후딱 지나가곤 했다.

따르릉따르릉.

책상에 있던 직통 전화벨이 요란하게 울리는 걸 보면서 토머스의 얼굴이 일그러졌다.

기사의 마지막 부분을 손질하는 중요한 순간이었기에 전화기를 향하는 그의 손에는 못마땅함이 가득 들어 있었다.

저번 기사에서 최강철과 마크 브릴랜드가 붙으면 최강철이 이길 거라는 예상 평을 쓴 후 브릴랜드의 팬들이 난리가 아니었기 때문에 업무를 보지 못할 정도였다.

그럼에도 토머스는 천천히 손을 뻗어 전화기를 들었다.

욕을 하는 독자들도 칭찬하는 독자들도 그에게는 모두 고

객이었다.

자신의 기사를 보면서 반응을 보인다는 건 그만큼 그의 기사가 독자들에게 어필되었다는 것을 의미했으니 귀찮지만 받아주어야 한다.

"여보세요?"

―토머스 기자십니까?

"그렇습니다. 말씀하십시오."

―나는 마크 브릴랜드입니다.

"허억, 마크… 정말 마크요!"

―당신에게 할 말이 있습니다. 만났으면 좋겠는데 시간이 어떠십니까?

                    *   *   *

최강철은 시합을 끝내고 돌아와 뉴욕에서 머물고 있었다.

여러 가지 방법을 써가며 WBA와 마크 브릴랜드를 압박했으나 요지부동이다.

언론에서는 연일 대결을 성사시켜야 한다는 기사를 보도했고 최강철은 텔레비전에까지 출연해서 싸우기를 원한다는 인터뷰를 했지만 한쪽이 일체 대응하지 않고 버텼기 때문에 상황은 여전히 안갯속을 헤매는 중이었다.

대결이 성사되지 않는 이유는 한두 가지가 아니었다.

먼저 WBA의 강력한 반대가 있었고 두 번째는 밥 애런이 이 대결을 원하지 않는다는 것이며, 세 번째는 마크 브릴랜드가 침묵을 지키고 있었기 때문이다.

모든 이유가 전부 답답한 것뿐이었다.

어느 것 하나 풀린 기미조차 보이지 않았기 때문에 적극적으로 나섰던 최강철은 행동을 멈추고 돈 킹에게 일임한 후 뒤로 물러났다.

조금만 더 기다려 볼 생각이었다.

만약 한 달 정도 더 기다려 보다가 여전히 일이 추진되지 않으면 IBF 타이틀을 벗어던지고 본격적으로 WBA나 WBC에 집중하는 것이 그의 복안이었다.

최강철의 요즘 일과는 마이다스 CKC 사무실에 출근해서 일을 보는 것이었다.

그사이 마이다스 CKC의 인원은 또 14명이 충원된 상태였다.

주식 분야에 2명의 전문가를 스카우트했고 기업 관리 파트에 7명, 재무회계 4명, 부동산 쪽에 1명이었다.

기업 관리 파트에 대폭적으로 전문가들을 스카우트한 것은 델 컴퓨터와 시스코의 성장세가 무서웠고 MS 쪽에도 담당자를 둬야 했기 때문이다.

황인혜가 이끄는 회계 파트 쪽은 요즘 들어 야근을 밥 먹 듯했다.

델 컴퓨터의 주식 상장이 코앞으로 다가왔기 때문인데 상 장에 관한 모든 업무를 마이다스 쪽에서 맡아 진행하고 있었 다.

인원이 많아지면서 최강철은 사무실을 맨해튼에 위치한 센 테리움빌딩으로 옮겼다.

월세가 상당히 비쌌으나 돈을 벌기 위해서는 최적의 환경에 서 일해야 된다는 게 그의 신념이었다.

마이다스 CKC의 대표이사는 서지영이었지만 실질적인 오너 는 그였으니 직원들은 그를 회장님이라 불렀다.

최강철은 출근해서 하루에 한 번씩 간부 회의를 하며 커피 를 마셨다.

회의 자료조차 없는 미팅이었다.

세부적인 것까지 참견할 생각은 애초부터 없었다.

그가 회의를 여는 것은 참모들의 의견과 간단한 보고를 듣 고 회사가 어떻게 돌아가는지 정도만 판단하기 위함이었다.

그럼에도 회사는 위계질서가 점점 잡혀가고 있었다.

누가 시킨 것도 아닌데 회의가 시작되면 서지영부터 보고를 시작해 수잔까지 이어진다.

"강철 씨, 주가의 흐름이 심상치 않아. 버크셔 해서웨이의 주가가 벌써 두 배나 올랐어. 나머지 주식들도 평균 70%가 치솟았고. 현재 오늘 종가 기준으로 3,700만 달러를 기록할 것 같아."

"좋네."

"어쩌면 좋겠어? 이렇게 급등했으니 일단 수익을 챙기는 게 좋지 않을까?"

"그럼 버크셔 해서웨이에서 500만 달러를 만들어. 나머지 주식에서 500만 달러를 만들고. 나머지는 보유. 주식 시장은 곤두박질치기 이전보다 더 상승하게 될 거야. 우린 장기 투자로 간다."

"1,000만 달러는?"

"그 돈 가지고 선물 투자에 800만 달러, 옵션에 200만 달러 정도를 운영해 봐. 상황에 따라 유동적으로 움직여야겠지만 상승장 쪽에 걸어. 앞으로 당분간은 주가 지수가 상승할 테니 말이야. 옵션의 목표는 300%야. 지영 씨, 더 욕심 부리지 마. 최악의 순간은 검은 그림자처럼 찾아오는 법이거든. 그 돈은 지영 씨한테 맡길 테니까 잘 운영해 봐."

"알았어."

서지영의 얼굴이 밝아졌다.

대표이사이면서 주식 시장 쪽을 담당하고 있었지만 최강철이 정해준 종목에 모든 돈이 투자되었기 때문에 지금까지 할 일이 없어 기업 관리 쪽 일을 도와주었는데 1,000만 달러란 돈을 직접 운영하게 되자 기쁨을 숨기지 못했다.

자신이 있었다. 그동안 꾸준히 선물 시장과 옵션에 대해서 공부를 해왔고 전문가들까지 충원되었으니 충분히 해볼 만했다.

다음에 나선 것은 클로이였다.

"델 컴퓨터의 저번 분기 매출액은 3,000만 달러, 순이익은 470만 달러였어. 이익금 대부분 재투자가 되었기 때문에 우리 회사로 들어온 돈은 50만 달러야. 시스코는 전 분기 700만 달러의 매출을 올렸는데 순이익이 110만 달러가 넘어. 여기도 마찬가지로 전액 재투자되었기 때문에 회사로 들어온 돈은 10만 달러 정도밖에 안 돼."

"오케이, 지금 당장의 이익을 보고 투자한 건 아니니까 괜찮아. 계속 관리해 줘. 투자나 회사의 운영은 모두 맡겨도 되지만 재무 쪽은 확실하게 체크해야 해. 알았지?"

"응, 알았어."

클로이가 물러난 후 곧장 황인혜의 보고가 이어졌다.

그는 요즘 워낙 야근을 많이 해서 그런가 얼굴이 초췌하게 변해 있었다.

"델 컴퓨터 주식 상장에 관한 진행은 70%정도 진행되고 있어. 아직 정확하게 산정되지 않았지만 발행 주가는 8.5달러 정도에서 맞춰질 것 같아. 시가총액은 8,000만 달러야."

"상당하군. 델과 내 지분은?"

"51%에 맞춰놨어."

"오케이, 그렇다면 내가 23% 정도 되겠군."

"응."

황인혜가 고개를 끄덕이자 최강철의 얼굴에서 웃음이 떠올랐다.

마이클 델, 대단한 놈이다. 나이는 어렸지만 과감한 투자를 멈추지 않았고 연이은 공격적 경영으로 매출액이 기하급수적인 신장세를 보이고 있었다.

대주주의 지분율을 51%에 맞춰놨다는 건 4,000만 달러의 투자금을 유치했다는 뜻이다.

그리고 자신의 지분이 23%니까 당장 주식 시장에 상장되는 가격으로도 1,900만 달러의 주식을 보유하게 된다는 걸 의미했다.

100만 달러 투자에 1,900만 달러 가치의 주식을 받았으니 19배의 수익이다.

하지만 진짜는 지금부터다.

델 컴퓨터는 1990년대를 휩쓸면서 5,000%의 상승 신화를 써 내려가기 때문이다.

*   *   *

토머스는 마크 브릴랜드와 헤어져 정신없이 회사로 뛰어 들어왔다.

얼굴은 붉어졌고 숨소리는 거칠어져 책상에 앉을 수가 없었다.

국장이 다가온 것은 그의 상태가 심상치 않다는 것을 눈치챘기 때문이다.

"왜 그래?"

"헉, 헉. 마크 브릴랜드가… 그놈이, 최강철과 싸우겠답니다."

"정말이냐!"

"여기에 그놈의 말이 그대로 들어 있습니다. 국장님, 기사를 다시 써야 되니까 제가 쓴 건 보류하셔야 되겠습니다."

"토머스, 당장 내일 아침에 나가야 해. 가능하겠어?"

"밤을 새서라도 쓸 테니까 걱정하지 마십시오. 기사가 나가는 데 문제없도록 준비할 테니 저녁이나 사다 주세요."

"우와, 환장하겠네. 그 자식이 갑자기 왜 그러지?"

"우리 기사를 보고 무척 열받은 모양이에요. 그놈이 저한테 그러더군요. 지금까지 살아오면서 한 번도 누군가를 두려워한 적이 없답니다. 언제든지 날짜만 정해지면 붙겠다면서 전의를 불태우더군요."

"휘우… 끝내주는구만. 이거 단독이지?"

"당연하죠. 일대일 인터뷰였어요. 그놈이 저를 찍은 건 제가 쓴 기사가 마음에 들지 않았기 때문이랍니다. 화를 내더군요. 왜 자기가 최강철에게 진다는 글을 썼다며 거품을 무는데 달래느냐고 혼났습니다."

"살다 보니 별일도 다 생기네. 자기를 욕한 놈한테 특종을 주다니……."

"지금부터 시작입니다. 가장 중요한 마크가 폭탄을 터뜨렸으니 앞으로 재밌는 일이 많이 생길 겁니다."

"그렇겠지. 토머스, 지금 벌써 저녁 5시야. 언제 끝날 것 같아?"

"글쎄요, 그건 써봐야죠."

"오늘 집에는 다 갔군."

"국장님은 왜요?"

"이 사람아, 난 지금 사장님한테 가서 이 사실을 보고할 거야. 사장님은 자네 기사에 엄청난 관심을 가지고 있단 말일세. 그러니 나라고 편하게 퇴근할 수 있겠어?"

"어이구."

"일단 일하고 있어. 사장님한테 보고하고 먹을거리 사올 테니까."

국장은 말을 마치자마자 바로 튀어 나갔다.

흥분한 모습이다. 특종을 따온 것은 자신인데 그는 자신보다 훨씬 흥분한 모습으로 사장실을 향해 뛰어가고 있었다.

하긴, 충분히 그럴 만도 했다.

내일 아침.

마크 브릴랜드의 인터뷰 기사가 전국으로 퍼져 나가면 미국 전체가 들썩거리게 될 것이다.

통합 타이틀전.

복싱 팬이 간절하게 바라던 통합 타이틀전의 성사는 한 달이 훌쩍 지나도록 해결될 기미가 없었는데 마크 브릴랜드가 폭탄을 터뜨렸으니 급물결을 탈 게 분명했다.

물론 WBA의 허락과 밥 애런을 설득하는 작업이 남아 있었으나 마크 브릴랜드가 직접 나선 이상 반은 진척된 것이나 다름없었다.

자신도 이렇게 떨리는데 복싱 팬들은 오죽하겠는가.

기대된다.

허리케인 최강철과 링의 마술사 마크 브릴랜드의 대결은 강력한 인파이팅과 예술의 경지에까지 이르렀다는 아웃복싱의 전쟁이다.

자신은 기사에서 최강철이 이길 거라 예상했으나 그것은 마크를 자극하기 위한 술수에 불과했을 뿐이지 확신이 있었던 것은 아니었다.

누가 이겨도 전혀 놀랄 일이 아니기 때문이다. 그만큼 그들은 지금의 복싱계에서 적수를 찾아보기 어려운 강력한 전사들이었다.

<마크 브릴랜드, 전쟁을 선택하다!>

토머스가 쓴 기사는 예상처럼 전미를 들썩이게 만들었다.

직접 기자와의 인터뷰를 거쳐 토해낸 마크 브릴랜드의 전의는 너무 단단하고 강해서 결코 돌이켜지지 않을 것 같았다.

그가 기사에서 한 말은 간단했으나 자신감으로 가득 차 있었다.

─과거 어릴 적 허리케인에게 진 적이 있었다. 하지만 그것은 아주 오래전 이야기고 지금의 나는 그때와 비교할 수 없을 정도로 진화된 WBA 챔피언이다. 최강철은 그동안 이류 선수들과 싸워왔으나 나는 프로에 들어와 강력한 적수들과 싸우며 연승 가도를 달려왔다. 그의 가소로운 도전을 나는 언제든지 받아들일 준비가 되어 있다. 마지막으로 복싱 팬들에게 말할 게 있다. 나는 두려움을 모른다. 막상 시합이 벌어지면 나는 철저하게 허리케인을 망가뜨릴 것이다. 두려움은 허리케인의 몫이 될 것임을 이 자

리에서 분명히 밝혀둔다.

*   *   *

　대일물산의 김영호와 류광일은 직원들과 저녁을 먹고 당구
장으로 들어왔다.

　요즘은 당구 치는 재미로 산다.

　하루 종일 정신없이 움직이며 떠들다 보면 하루가 어떻게
지나가는지 모를 정도로 바빴기 때문에 스트레스가 만땅으로
쌓이고 있었다.

　최근 들어 무역량이 급격히 늘어나면서 그들 회사인 대일
물산도 매출액을 높게 잡아놓고 직원들을 닦달했기 때문에
화장실에 가서 오줌을 싸고 물건 털 시간도 없었다.

　야근은 밥 먹 듯했고 마누라의 잔소리가 점점 심해졌지만
가끔 이렇게 시간이 나면 당구장을 찾았다.

　당장 나부터 살아야 했다.

　이렇게라도 스트레스를 풀지 않으면 죽을 것만 같았다.

　고만고만한 실력들이었고 기껏해야 게임비 내기에 불과해
서 당구장을 찾는 건 웃고 떠드는 게 목적이었다.

　"야, 빠킹이야."

　"왜, 인마!"

"이 자식아, 그건 드리볼이잖아. 누가 공을 두 번 맞히래."

"어이구, 눈도 좋아. 그건 또 어떻게 봤대."

"내 눈이 당구 칠 땐 가자미눈으로 변한다. 안 보는 거 같지만 다 본다고."

류광일이 큐대에 초크를 바르며 싱글싱글 웃었다.

자식이, 어디서 속일라고.

'겐뻬이'라고 부른다. 둘씩 짝지어 편먹고 하는 게임의 일본식 표현이다.

4명 다 점수가 100점밖에 되지 않아서 기본 빠킹이 시합 내내 10개 이상은 나오기 때문에 한 번 게임을 하는 데 1시간씩은 걸린다.

더군다나 수준에 맞지 않게 쿠션 2개와 가락구까지 1개를 쳐야 했으니 어떤 날은 승패를 가리지 못하고 그냥 나오는 날도 많았다.

시끌벅적.

뭐든 하수들은 경기의 질적 수준에 신경 쓰기보다 승패에 더 신경을 쓴다.

특히, 당구는 이빨겐세이가 점수의 반 이상을 차지하기 때문에 양쪽 팀은 상대방이 공을 칠 때마다 마구 방해를 하며 낄낄댔다.

"야, 이 자식들아. 쫌 떨어져서 떠들어. 큐대에 걸리잖아."

"그러지 뭐. 그런데 광일아, 어머니 잘 계시냐. 저번에 류마티스 관절염 걸리셨다고 하던데 전화는 드렸어?"

"에잇, 증말 치사해서 당구 못 치겠네. 너, 저리 안 가?"

"그러니까 누가 하나만 치라고 했지 두개나 치라고 했냐? 그만 치고 이제 나와."

삑사리다.

옆에서 신경을 잔뜩 건드렸기 때문에 공을 제대로 맞추지 못해서 엉뚱한 곳으로 공이 날아가자 김영호가 낄낄대며 류광일의 어깨를 두들겨 준 후 자세를 잡았다.

그러고는 신중하게 큐대를 잡고 공을 노려봤다.

하지만 그는 공을 치지 못했다.

옆에 바짝 붙어 있던 류광일이 갑자기 소리를 질렀기 때문이다.

"야, 김 대리 최강철이 나온다!"

"시끄러워. 네가 그런다고 내가 못 칠 것 같아?"

"진짜야, 인마!"

당구대 근처에서 얼쩡거리던 류광일과 직원들이 총알처럼 텔레비전이 있는 쪽으로 달려갔기에 공을 치기 위해 자세를 잡고 있던 김영호가 눈만 돌려 텔레비전을 봤다.

정말이다.

텔레비전에서는 최강철의 경기 영상이 나오고 있었는데 앵커의 목소리가 흥분으로 가득 차 있었다.

후다닥.

김영호가 큐대를 집어 던지고 텔레비전으로 뛰어갔다. 당구는 이미 그의 머릿속에서 깨끗이 지워져 있었다.

—마크 브릴랜드가 최강철 선수와의 시합에 응한다는 소식입니다. 외신에 따르면 마크 브릴랜드는 그동안의 침묵을 깨고 언제든지 최강철 선수와 시합할 의향이 있다면서 승리를 자신했다고 합니다. 시합이 성사된다면 최강철 선수는 한국인으로는 최초로 통합 타이틀전을 치르게 되는데…….

텔레비전 앞에는 당구를 치고 있던 손님들이 전부 몰려들었기 때문에 30명이 넘었다.

뉴스가 끝났는데도 그들은 원래의 위치로 돌아가지 않고 마구 떠들기 시작해서 당구장이 금방 시장 통처럼 변해 버렸다.

그들은 이미 당구 칠 생각이 전혀 없는 것처럼 보였다.

"야, 류 대리. 그럼 통합 타이틀전이 벌어진다는 거지?"

"넌 뉴스를 주둥이로 들었냐? 지금 저건 마크 브릴랜드가 싸우겠다는 인터뷰를 했다는 거잖아."

"그러니까 그 말이 그 말 아냐?"

"아이고, 김 대리야. 넌 지금 이 나이까지 그 머리 가지고 직장 생활 잘도 했다. 인마, 둘이 싸운다고 해서 싸워지면 얼마나 좋겠냐."

"그럼 뭔데?"

"WBA가 허락을 해야 돼. 그리고 시합이 결정되려면 프로
모터들끼리 조율도 해야 되고. 아마, 시합 날이 정해지려면 시
간깨나 걸릴 거다."

"아니, 씨발. 뭐가 그리 복잡해? 그냥 싸우면 되지. 기다리
기 힘드니까 그냥 싸우라고 해. 내가 만 원 낼 테니까."

"어이구, 이 단순한 자식. 내가 너 때문에 그나마 세상 즐겁
게 산다."

                    *   *   *

WBA가 통합 타이틀전을 승인한 것은 스포츠라인이 마크
브릴랜드의 기사를 터뜨린 후 꼭 10일이 지났을 때였다.

버틸 수가 없었다.

복싱 팬들의 항의 전화로 인해 업무를 볼 수 없었고 언론에
서는 연일 시합을 승인하라는 압박을 해왔기 때문에 지금까
지 꿋꿋하게 원칙을 사수하던 WBA는 결국 백기를 들고 말았
다.

복싱 팬들의 열화와 같은 성화에 결국 항복을 한 WBA 회
장인 실비오 베를루스는 웰터급 통합 타이틀전을 승인하면서

이런 말을 남겼다.

"우리가 그동안 통합 타이틀전을 승인하지 않았던 것은 복싱의 권위가 손상되는 것을 막기 위함이었습니다. 현재 IBF에는 마구잡이로 수준 이하의 챔피언을 양산하고 있어 복싱의 권위를 추락시키고 있는 실정입니다. 하지만 웰터급 챔피언인 허리케인 최강철은 그런 범주를 뛰어넘는 뛰어난 복서이기에 이번에 한해서 통합 타이틀전을 승인코자 합니다. 앞으로도 우리 WBA는 복싱의 권위를 세우기 위해 IBF가 제대로 된 챔피언을 배출할 때까지 이런 시합을 승인하지 않을 것임을 알려 드리는 바입니다."

돈 킹이 텍사스로 날아간 것은 WBA에서 통합 타이틀전을 승인한다는 발표가 있고 난 다음 날이었다.

이날을 기다려왔다.

그동안 얼마나 애를 태우며 뛰어다녔는지 모른다.

언론을 부추기기 위해 막대한 돈을 쏟아부었고 WBA 회장은 물론이고 실무자들까지 당근과 채찍 전략을 번갈아가며 쓰느라 한 달 동안 몸이 열두 개라도 부족할 지경이었다.

정말 다행이다.

조금만 늦었더라면 성질 급한 최강철이 IBF 타이틀을 벗어던졌을지도 모른다.

이제 남은 것은 오직 하나.

마크 브릴랜드의 프로모터인 밥 애런을 만나 세부 일정을 상의하는 것뿐이었다.

밥 애런에게 전화하자 놈은 거만한 태도를 여지없이 드러냈지만 방문을 거절하지는 않았다.

역시 장사꾼이다.

돈이 되는 것이라면 귀신같이 알아채는 놈이었으니 거대한 흐름에 편승해서 거액을 움켜쥘 생각부터 했을 것이다.

약속한 식당으로 들어서자 미리 와서 기다리고 있던 밥 애런이 비릿한 미소를 흘리며 자리에서 일어났다.

"어서 와, 돈 킹. 오느라고 고생했겠구만."

"잘 지냈나?"

"잘 지냈을 리 없잖아. 자네 쪽에서 하도 설치고 돌아다니는 바람에 나까지 싸잡아 욕을 잔뜩 얻어먹었더니 배가 불러 죽겠어. 자넨 아직 죽지 않았더구만. 하는 짓이 다이내믹해."

"뭘 그 정도 가지고 그래. 이런 게 우리 일 아니겠어?"

"밥부터 먹을까?"

이놈이 미쳤나. 왜 이렇게 사근거리는 거야.

물론 이 자리는 막대한 돈을 벌기 위해 마련된 자리였으니 어쩔 수 없이 나왔다 하더라도 밥 애런의 태도는 생각보다 훨씬 부드러웠다.

싱싱한 스테이크를 먹으며 쓸데없는 이야기로 시간을 보냈다.

먹을 때는 가급적 사업 이야기를 하는 게 아니다.

다 먹고살기 위해 하는 짓인데 소화가 되지 않는 무거운 이야기로 즐거운 식사 시간을 망칠 이유가 없다.

본론이 시작된 것은 식사를 끝내고 커피가 나왔을 때였다.

"밥, 할 거지?"

"뭘?"

"알면서 왜 그래, 선수들끼리."

"푸하하! 돈 킹, 내가 응해야 하는 이유를 먼저 말해봐. 나는 아무리 생각해도 그놈과 마크 브릴랜드를 붙일 이유가 없어. 나를 설득시킬 정도의 이유가 있다면 생각해 보지."

"이유야 많지. 우린 돈을 벌 수 있잖나. 그만한 이유가 또 있겠어?"

"브릴랜드의 상품성은 뛰어난 놈이야. 우린 2차나 3차 방어전에서 듀란과의 시합을 생각하고 있어. 그런 빅 이벤트를 앞두고 왜 모험을 해야 하지? 나는 브릴랜드가 듀란마저 꺾으면 헌즈하고도 붙일 생각이야. 어때, 내 계획이?"

"쯧쯧… 장난 치고 있구만. 이봐, 밥. 난 백전노장이야. 이 세계에서 벌써 20년이나 굴러먹은 사람이라고. 브릴랜드가 상품성이 뛰어나다고 누가 그러든가. 브릴랜드와 듀란, 브릴랜드

와 힌즈. 좋아, 돈은 될 거야. 하지만 코 묻은 돈에 불과하다
는 데 내 전 재산을 걸 수 있어. 왜 그런지는 자네도 잘 알 텐
데?"

"크크크……."

밥 애런이 이를 드러내며 이상한 웃음을 흘려냈다.

대답은 하지 않았지만 수긍한다는 뜻이다. 그랬기에 돈 킹
역시 비슷한 웃음을 지으며 말을 이어나갔다.

"상품성으로 따지면 허리케인을 따라올 놈이 없다. 어차피
듀란이나 힌즈 다 네 선수들이잖아. 이번 시합에서 허리케인
이 이기면 진짜 빅 이벤트가 생길 거야. 브릴랜드가 걔들과
싸우는 것보다 허리케인이 싸우는 게 몇 배는 더 파괴력이 있
어. 우리 자꾸 빙빙 돌면서 헛바퀴 돌지 말자고. 자네도 그걸
알기 때문에 나온 거잖아!"

"역시 돈 킹이야. 그래서 내가 자네를 미워하면서도 인정할
수밖에 없단 말이지."

"우리, 진짜 돈을 만져보자고. 어때?"

"조건이 맞으면. 말해봐. 나에게 뭘 줄 텐가?"

"똥줄은 내가 타니까 자네가 하자는 대로 하겠네. 하지만
이번 한 번뿐이야. 허리케인이 이번에 이기면 다음부터 이런
제안은 없을 테니 마음껏 말해봐."

"모든 이익은 2 대 1. 물론 내가 2고 자네가 1이야. 시합에

관한 모든 일도 자네 쪽에서 처리하는 조건일세."

"개런티는?"

"개런티도 마찬가지야. 브릴랜드가 최강철의 두 배를 받는다. 챔피언이 더 받는 건 당연한 거 아니겠어?"

"밥, 장난치지 마. 나와 관련된 건 다 양보해도 그건 안 돼. 최강철이 도전자지만 브릴랜드보다 훨씬 인기가 많아. 이 경기의 흥행은 허리케인 때문에 대박이 터질 거다. 그런데 왜 허리케인이 개런티를 적게 받는단 말이냐. 다른 건 다 양보해도 그것만은 안 돼."

"그럼 자네 이익분에서 더 주든가. 그러면 되잖아."

"자네 정말 이럴 거야?"

"두 놈의 개런티를 얼마로 책정할 건지는 계산해 보면 금방 나와. 정해진 금액 가지고 두 놈이 나눠 먹는 거지. 그리고 나는 브릴랜드에게 그 돈이 더 가기를 바란다네. 자네가 허리케인을 응원하는 것처럼 나는 브릴랜드를 응원한단 말일세. 그 놈은 지금까지 나에게 돈을 벌어다 준 놈이야. 그런데 내가 왜 자네 선수를 생각해 줘야 한단 말인가?"

"시합을 하지 말자는 거냐?"

"그러고 싶으면 그렇게 하고. 이봐, 돈 킹. 현실을 정확하게 인식했으면 좋겠어. 다른 건 모두 여론 가지고 풀어낼 수 있었지만 개런티 때문에 시합이 성사되지 못하는 건 누구도 시비

걸 수 없다네."

"으……."

"줄 때 그냥 받아먹어. 다음에는 어떻게 될지 모르지만 이
번만큼은 모든 게 나한테 달려 있다는 거 잘 알잖아. 욕심 부
리다가 아무것도 못 하면 전부 자네 손해야. 자네가 IBF에 코
꿰인 거 내가 모를 것 같나. 그럼에도 내가 자네 요청을 받아
들여 준 건 우리 두 사람이 동반자 관계이기 때문일세."

"허리케인은 자존심이 센 놈이야. 결코 이 제안을 받아들이
지 않을 거다."

"가서 전해. 더 높은 곳에 오르고 싶으면 자존심을 죽이라
고. 물론 올라갈 수 있을지 모르겠지만."

"밥, 허리케인이 질 거라고 생각하나?"

"물론, 브릴랜드의 아웃복싱을 잡을 수 있는 놈은 아무도
없어!"

"그럼 우리 또 내기 한번 할까. 300만 달러. 콜?"

"지금 내 제안을 받아들인다면 실무자나 보내. 세부 계약을
해야 되니까. 내기는 그다음에 생각해 보지. 밥도 다 먹고 할
이야기도 다 했으니 그만 일어나세. 난 요새 이상하게 이른
잠이 온다네. 아무래도 늙어서 그런가 봐."

*　　　　*　　　　*

"어서 오세요. 커피 한잔하시렵니까?"

"주게. 어디 허리케인이 타주는 커피를 먹어보는 영광을 누려보세."

최강철의 말을 들은 돈 킹이 양쪽 어깨를 으쓱하며 웃었다.

옆에 있던 톰슨과 윤성호, 이성일은 놀란 눈으로 최강철을 바라보고 있었는데 누군가에게 직접 커피를 타주는 건 처음 봤기 때문이다.

돈 킹이 뉴욕의 집으로 찾아온 것은 텍사스에서 밥 애런을 만난 후 10일이 지난 다음이었다.

원칙적인 합의를 봤다는 연락이 있었기 때문에 기다렸는데 실무적인 협상은 생각보다 훨씬 오래 걸렸다.

최강철이 5잔의 커피를 타 와 응접실에 있는 탁자에 올려놓자 모인 사람들이 하나씩 커피 잔을 들어 올렸다.

돈 킹은 쉽게 입을 열지 않았다.

커피를 조금씩 마시며 향을 음미하고 있었지만 왠지 모르게 표정이 밝지 않았다.

그것을 눈치 빠른 최강철이 모를 리 없다.

그랬기에 입을 연 것은 그가 먼저였다.

"돈 킹, 뭡니까? 시합에 문제가 있습니까?"

"아닐세, 세부적인 건 전부 결정되었어. 그런데 말이야……."

"뭔가 문제가 있는 모양이군요. 좋습니다, 껄끄러운 건 나중에 말하시고 궁금한 것부터 해결합시다. 시합은 언제로 결정되었습니까?"

"11월 1일."

"장소는?"

"놈들이 원하는 대로 라스베이거스일세. 그곳이 아니면 안 된다는구만."

"앞으로 4달이 남았군요. 자, 그럼 이제 껄끄러운 걸 말씀해 보시죠. 얼굴이 어두운 이유가 뭡니까?"

"밥 애런, 그 자식은 이번 시합에 대한 주도권이 지들한테 있다고 생각해. 시합 준비에 대한 건 모두 우리 쪽에 시키면서 이익은 두 배를 먹겠다고 한단 말이지. 그래서 그러라고 했어. 어차피 우리가 도전하는 거니까 그 정도는 감수해야 된다고 생각했거든."

"그런데요?"

"문제는 자네의 개런티야. 그놈은 자네 개런티를 브릴랜드의 절반만 주겠다고 우긴단 말이지."

"그게 얼맙니까?"

"250만 달러."

"브릴랜드는 500만 달러를 받는다는 말이군요."

"내가 안 된다고 버텼지만 요지부동이었어. 받아들이지 않

으면 시합을 진행시키지 않겠다고 지랄을 하는 바람에 어쩔
수 없이……."

돈 킹이 말을 하면서 최강철의 눈치를 봤다.

그동안 그가 봐온 허리케인은 자존심으로 똘똘 뭉친 놈이
기에 어떤 반응이 나올지 불안했다.

벌써부터 옆에 있던 윤성호와 이성일의 얼굴이 일그러지는
게 보였지만 돈 킹은 그들에게서 시선을 비켜 최강철의 얼굴
만 바라보았다.

여기서 최강철이 화를 내거나 시합을 안 하겠다고 버티면
꽤나 난감한 일이 벌어지게 될 것이다.

그러나 최강철의 표정은 한 치의 변화도 보이지 않았다.

"WBA 챔피언이란 프리미엄을 받아야 된다고 생각하는 모
양이군요. 돈 킹, 당신 생각은 어떻습니까. 당신도 내가 브릴랜
드의 절반밖에 안 되는 개런티를 받으며 싸워야 한다고 생각
하나요?"

"그럴 리가 있나. 자네의 인기는 브릴랜드를 능가하고 있어.
동등한 조건이었다면 나는 자네가 훨씬 많은 개런티를 받아
야 한다고 생각하네."

"그렇게 생각한다니 다행이군요. 난 그 조건을 받아들이겠
습니다. 다른 때라면 당신이 가져가는 이익에서 내 몫을 더
달라고 하겠지만 이번에는 깨끗하게 포기하죠. 그러나 이번뿐

입니다. 내가 챔피언이 된 후에도 이런 대우를 받는다면 나는
시합을 하지 않을 겁니다. 그러니 다음부터는 반드시 허리케
인의 명예를 지켜주길 바랍니다."

공식 기자회견장에는 수많은 기자가 몰려들었다.
돈 킹과 밥 애런이 주도한 기자회견은 6월의 마지막 주 수
요일에 열렸는데 전국의 기자들이 동시에 몰려들어 인산인해
를 이루었다.

'금년 11월 1일. 최강철과 마크 브릴랜드. WBA, IBF 통합
타이틀전 확정'.

발표 내용은 간단했으나 기자들에게는 더없이 소중하고 충
격적인 것이었다.
길고 긴 기다림이 끝났다.
드디어 허리케인 최강철과 링의 마술사 마크 브릴랜드의 경
기 일정이 확정되었다는 발표가 나오는 순간 기자들은 모두
환성을 터뜨렸다.
기자들은 WBA에서 승인을 했어도 경기가 쉽게 치러질 것
이라 예상한 사람은 아무도 없었다.
양쪽 프로모션의 조율 과정은 빨라도 몇 달은 걸리는 게

관례였기 때문이다.

지금까지 치러진 빅 이벤트들은 이야기가 나오기 시작한 후 게임이 확정되기까지 최소 6개월 이상 걸렸는데 이번 경기는 불과 3개월 만에 경기 일정까지 나왔으니 그야말로 번갯불에 콩 구워 먹을 정도로 빨랐다.

"토머스, 저 인간들이 이렇게 빨리 움직인 이유가 뭐라고 생각해?"

"내가 들은 정보에 따르면 돈 킹이 전부 양보했다고 하더군. 그래서 협상할 필요조차 없었단다."

"돈 킹 같은 짠돌이가 왜?"

"자세한 이유는 몰라. 하지만 뻔한 거 아니겠어?"

"하아, 답답하게 하지 말고 빨리 말해. 도대체 뭐야?"

"돈 킹은 허리케인이 이번 경기에서 반드시 이길 거라고 생각한 것 같아. 그래서 당장 눈앞의 이익보다 미래에 들어올 천문학적인 돈을 생각한 거겠지."

"그럼 밥 애런은. 그걸 뻔히 알면서 순순히 응하지는 않았을 텐데?"

"밥 애런은 무조건 콜할 수밖에 없는 경기였어. 외부로는 WBA의 승인이 어쩌고 하면서 응하지 않을 것처럼 말했지만 전혀 손해 보지 않는 일이거든. 밥 애런은 지금 황금 알을 낳는 거위들을 대거 보유하고 있단 말이지. 저놈 입장에서 봤을 때 누가 이겨도 상관없어. 브릴랜드가 이기면 그로서 만족하고 최강철이 이기면 줄줄이 빅 이벤트들이 기다리는데 주저할 이유가 뭐겠어?"

"듣고 보니 그렇구만. 이런 젠장, 그런 상황인데 괜히 가슴 졸였잖아!"

"하하하, 샘, 괜히 가슴 졸인 건 아냐. 저자들은 우리가 계속 떠들어줬기 때문에 서두른 거라고. 안 그랬으면 내년쯤에나 허리케인이 싸우는 걸 봤을 거야. 그러니까 너무 억울해하지 마."

"억울하긴. 그동안 기사 써댄 걸로 얻은 게 얼만데. 가자, 내가 저녁 살게. 오늘은 좋은 데 가서 술까지 산다."

"뭐야, 왜 그래?"

"왜 그러긴, 허리케인과 제일 친한 너한테 아부하려고 하는 거지. 토머스, 너 허리케인한테 갈 때는 꼭 나를 데리고 가야 해. 우린 친구 사이이니까 같이 먹고살자. 그래줄 거지?"

*   *   *

<드디어 확정. 세기의 빅 이벤트, 허리케인과 링의 마술사. 천하를 건 한판 승부를 벌이다!>

미국에서부터 시작된 경기 확정 소식이 외신을 타고 전 세계로 퍼져 나가자 시합이 벌어지기를 기다렸던 복싱 팬들이 환호를 내질렀다.

특히 한국의 복싱 팬들은 시합이 확정되었다는 소식을 접한 후 난리가 났다.

한국 복싱의 중흥기.

유명우, 박찬영, 김용강, 문성길 등 4명의 세계 챔피언을 보유하면서 한국은 복싱 강국의 위상을 마음껏 뽐내고 있는 시기였으나 최강철의 통합 타이틀전은 사람들에게 다가서는 의미 자체가 남달랐다.

한국의 세계 챔피언들은 전부 경량급으로서 복싱 팬들이 열광하는 체급들이 아니었다.

유명우가 7차 방어까지 롱런을 하며 강호로서의 면모를 보여주고 있으나 전 세계 복싱 팬들에게는 거의 알려지지 않았으니 우물 안의 개구리나 다름없는 실정이었다.

더군다나 최강철은 강호들이 득실대는 미국에서 활동하며 19전 전승 KO승을 기록했고 특유의 인파이팅으로 시합을 할 때마다 강렬한 인상을 심어줬기 때문에 한국 복싱 팬들은 그의 경기에 사족을 못 쓸 정도로 흥분했다.

남녀노소가 따로 없었다.

잘사는 사람, 못사는 사람, 많이 배웠거나 덜 배웠거나 최강철을 사랑하는 한국 사람들의 마음은 공통적이었다.

최우용이 아들의 통합 타이틀전 소식을 들은 것은 오전에 일을 마치고 밥을 먹기 위해 기사 휴게실에 들렀을 때였다.

그는 개인택시 운전사들이 모이는 휴게실에 와서 항상 동료들과 같이 식사를 했는데 그가 들어서자 김 씨와 황 씨가 자리에서 일어나 전쟁이 터진 것처럼 다가오며 소리를 질렀다.

"형님, 강철이가 통합 타이틀전을 벌인답니다!"

"정말?"

"지금 그것 때문에 텔레비전이 난리가 났어요! 신문에서는 호외까지 던지고 있다니까요."

"신문 어디 있어? 있으면 좀 보자."

"여기요!"

김 씨가 옆에 있던 신문을 들고 와 넘겨주자 최우용이 정신없이 읽었다.

11월 1일. 신문에는 이제 4달 후면 최강철이 세계 최고에 오르기 위해 도전한다는 기사가 적혀 있었다. 사랑하는 아들의 자랑스러운 사진과 함께 말이다.

"우와, 형님. 축하합니다."

"이 사람아, 이제 시합 잡힌 건데 왜 축하를 혀?"

"해보나 마나죠. 강철이는 무조건 이길 겁니다. 세계 챔피언이 될 거라고요."

"그럼요. 당연하죠. 강철이가 누군데요. 신문에서 보니까 예전에도 그놈을 이겼다고 하더라고요. 그러니까 이번에도 이길 겁니다."

"그랬으면 좋겠구먼."

김 씨와 황 씨가 설레발을 치면서 소리를 질렀으나 최우용의 표정은 긴장으로 인해 밝지 않았다.

그동안 소문은 무성했으나 막상 시합이 잡혔다는 소식을 접하자 긴장으로 인해 숨 쉬기조차 힘들어졌다.

누구보다 이겨주기를 바란다. 하지만 더욱 그의 마음을 압박하고 있는 것은 아들에 대한 걱정이었다.

"형님, 혹시 강철이가 이번에는 초대하지 않을까요? 그래도 아버진데 미국에 아들 시합 구경하러 한번 가봐야죠?"

"난 안 가."

"왜요?"

"이 사람아, 나는 강철이가 싸우는 거 텔레비전에서도 겨우겨우 봐. 그런데 거기서… 아들놈이 피 흘리며 싸우는 걸 어떻게 볼 수 있겠어……."

*　　　　　*　　　　　*

최강철은 말바의 강변에 앉아 무심히 흘러가는 강물을 바라봤다.

지금 세상은 그와 마크 브릴랜드의 대결이 결정되면서 난리가 나 있었으나 그는 마음을 차분하게 가라앉힌 채 천천히 강변을 따라 걷다가 벤치에 앉았다.

석양이 아름다웠다.

하늘 전체를 물들이며 갖가지 모양의 구름들을 화려하게 치장한 석양의 기적은 그의 눈을 매혹시키기에 충분했다.

얼마나 앉아 있었을까. 그의 어깨를 가만히 감싸 안는 부드러운 손을 느끼며 천천히 눈을 돌리자 서지영의 아름다운 얼굴이 나타났다.

"뭘 그렇게 생각하고 있어?"

"지영 씨를 생각했지. 이 여자한테 어떻게 매력적으로 보일까 고민 중이야."

"어머, 그러지 마. 더 이상 매력적으로 보이면 난 견디기 힘들어질 거야. 지금도 너무 매력적이라 잠을 제대로 못 자는데 더 멋있어지면 어떡해."

"하하… 이젠 거짓말도 능수능란하시고. 회사 대표라서 그런가 더욱 노련해진 것 같아."

"아니거든. 난 정말 강철 씨가 좋거든요."

"우리 조금 걸을까?"

"응."

최강철은 그녀의 손을 잡고 석양을 따라 강변을 걸어갔다.

누군가 사진을 찍었다면 한 편의 아름다운 작품이 되었을 만큼 석양 속을 걸어가는 그들의 모습은 인상적이었다.

"강철 씨, 나 보자고 한 거 시합 때문이지?"

"눈치도 빨라지셨네요."

"한두 번 그랬어야죠. 시합 때가 되면 언제나 그랬잖아."

"맞아. 오늘 온 건 훈련에 들어가기 전에 지영 씨가 보고 싶어서 온 거야. 우리 관장님 성화 잘 알잖아. 훈련 들어가면 그 양반, 지영 씨를 구미호라고 생각할지도 몰라."

"왜?"

"구미호는 총각을 홀리니까. 더군다나 지영 씨는 너무 예뻐서 그 양반 눈에는 천년 정도 묵은 요괴 정도로 보일 거야."

"힝, 큰일이네."

"잘 지내고 있어. 시합 끝나면 제일 먼저 지영 씨한테 올 테니까 그때까지 열심히 일하면서 기다려. 알았지?"

"걱정하지 마. 난 항상 그 자리에 있을 거야. 강철 씨가 올 때까지."

"석양 참 예쁘지?"

"응."

"그래도 지영 씨보다는 못해. 지영 씨가 여기 있으니까 석양이 주눅 들어 보이는 것 같아."

"아휴, 가슴 떨리게 왜 그래. 하지 마, 정신이 멍해져서 쓰러질 것 같아."

"그럼 쓰러져. 내가 안아줄게."

서지영이 온몸을 비틀자 최강철이 천천히 다가가 그녀를 자신의 품으로 끌어당겼다.

그런 후 부드러운 시선으로 그녀를 내려다 봤다.

"예쁘네, 우리 지영 씨."

"강철 씨도 너무 멋있어. 눈부시도록. 너무 많이 맞지 마. 잘생긴 얼굴 상처 날까 봐 걱정된단 말이야."

"후후… 그래, 많이 맞지 않을게."

"약속해."

"뭘로 약속할까. 이거면 되겠어?"

최강철이 그녀의 몸을 바짝 끌어안았다.

그런 후 그녀의 입술을 향해 자신의 입술을 가져가 뜨거운 키스를 했다.

석양 속의 키스다. 누구나 부러워한다는.

두 사람은 한동안 움직이지 않았다. 키스의 달콤함은 시간의 흐름을 잊게 했고 석양의 아름다움조차 눈으로 들어오지 않게 만들었다.

*　　　　*　　　　*

최강철은 언제나 시합 일정이 정해지면 피지컬부터 끌어 올린다.

피지컬이 완성 단계에 올라서면서 예전처럼 지독한 훈련을 할 필요는 없었지만 이완된 피지컬을 단단하게 동여매기 위해서는 어느 정도 강화 훈련이 필요했다.

근육 강화의 첫 단계는 뛰는 것이다.

복싱의 기본은 하체의 안정이 우선이고 피지컬을 끌어 올리기 위한 가장 좋은 방법이 바로 러닝이기 때문이다.

그냥 뛰는 것이 아니다.

처음 며칠은 근육에 무리가 되지 않도록 거리와 스피드를 조절했지만 근육이 자리를 잡기 시작하자 5kg짜리 모래주머니를 양쪽 다리와 팔에 찬 후 로드에서 벗어나 산을 타기 시작했다.

대충 할 생각이 없었다.

자신의 복싱 인생을 본격적으로 화려하게 꽃피우는 첫 번째 싸움이었으니 조금의 방심도 갖지 않을 생각이었다.

도전자는 도전자답게 전력을 다해야 한다. 링에서 내려올 때 절대 후회하지 않을 만큼.

제프 카터의 합류는 빨랐다.

럼블 쪽에서는 이번 시합을 위해 시합이 결정 나자마자 기술 분석가 제프 카터는 물론이고 뭉친 근육을 풀어주기 위한 전용 마사지사와 닥터까지 합류시키는 성의를 보여주었다.

하지만 이성일은 더 빨랐다.

이성일은 마크 브릴랜드의 경기 장면을 5개나 구해놓고 밤을 새우기 시작했는데, 라운드당 잽의 횟수는 물론이고 스텝과 펀치의 연관 관계, 콤비네이션의 특성, 이동 시의 상체 움직임, 스트레이트와 훅의 빈도 등을 통계적으로 분석했고 단점을 찾아내기 위해 애를 썼다.

제프 카터가 합류한 후 그들은 이성일이 분석해 놓은 자료를 보면서 마크 브릴랜드를 꺾기 위한 비책 만들기에 골몰했다.

전략의 완성은 승리를 위한 기본 요소고 그 전략을 바탕으로 준비했을 때 링에서 두 팔을 번쩍 치켜들며 승리의 포효를 터뜨릴 수 있다.

그러나 두 사람은 거의 한 달이 다 지나도록 전술을 내놓지 못했다.

최강철이 피지컬을 완벽하게 끌어 올린 후 자신의 무기들을 점검하기 시작했음에도 그들은 고민에 빠진 채 쉽게 해답을 준비하지 못했다.

어두운 기운.

이제 2달이 조금 넘게 남은 시점에서 아직 전략이 만들어지지 못했다는 건 그만큼 마크 브릴랜드가 까다로운 놈이라는 걸 의미했다.

　"이 패턴도 안 되겠어. 너무 위험해."

　"레프트 훅과 라이트스트레이트가 날아오겠군요. 더킹과 위빙만으로는 어려울 것 같습니다."

　"그것도 그거지만 뒤로 빠지잖아. 거리가 맞지 않아."

　"저 새끼 다리를 먼저 잡아야 되는데……."

　"빨라도 너무 빨라. 더군다나 약점이 보이지 않는구만. 못 치는 펀치가 없어. 거기다 리치까지 길어서 거리를 맞추기 쉽지 않겠어."

　"제프, 허리케인의 스피드로 놈을 잡기 어려울까요?"

　"놈이 작정하고 아웃복싱을 한다면 아무래도 어려울 것 같아. 방금 말한 것처럼 리치 때문이야. 스피드도 빠른 데다 브릴랜드의 레프트 잽은 그냥 레프트 잽이 아냐. 일단 레프트 잽을 해결해야 하는데 그냥 맞아주는 건 워낙 펀치 스피드가 빨라서 위험해."

　"휴우… 미치겠군요."

　분석실에서 대화를 나누던 이성일이 긴 한숨을 흘려냈다.

　수없이 영상을 돌려봤지만 마크 브릴랜드의 아웃복싱은 너무 완벽해서 단점을 찾아내기가 힘들었다.

오죽하면 제프 카터마저 혀를 내둘렀을까.

"최근 들어 거의 완벽에 가까울 정도로 진화되었어. 예전 경기에는 조금씩 허점이 보였는데 WBA 챔피언에 오를 때와 방어전을 치른 경기는 상대방이 놈의 안면조차 건드리지 못했어. 놈은 아웃복싱을 하면서 자신의 신체 특성에 맞춘 방어 기법을 특화했단 말이지. 알면서도 못 깰 만큼 완벽한 방어법이야."

"거기에 맞으면 나가떨어질 수밖에 없는 공격력까지 갖추었죠. 그냥 돌진하면 너무 위험합니다."

"맞아, 레프트 잽을 꺾어도 다음 공격이 무서워. 걸리면 시합이 끝난다. 허리케인이라도 놈의 공격을 그대로 받아들이는 건 자살행위야."

두 선수의 특성을 분석한 후 수많은 공식을 대입하며 작전을 짜봤지만 전부 위험하다는 결론이 나왔기에 두 사람의 표정은 시간이 갈수록 어두워졌다.

이제 더 이상 시간도 없었다.

지금 해법이 나오지 않는다면 제대로 된 훈련조차 하지 못한 채 링에 올라가야 할 판이다.

그랬기에 이성일은 슬그머니 이를 악물면서 그동안 말하지 않았던 최후의 방법을 꺼내 들었다.

"한 가지 방법은 있습니다."

"뭔가?"

"강철이를 믿는 겁니다. 어떤 방법도 어렵다면 결국 강철이에게 모험을 시킬 수밖에 없어요. 탱크 전략으로 갑시다."

"난타전?"

"누가 더 맷집이 좋은지로 결판나는 거죠. 펀치력 싸움으로 갑시다. 강철이의 반사 신경은 타고났어요. 이번 경기는 전략으로 승부를 볼 수 없을 것 같으니 정면으로 승부를 거는 게 맞는 것 같아요."

"음……."

제프 카터가 마땅치 않은 표정을 지으며 신음을 길게 흘려냈다.

지금까지 청부받은 경기에서 이런 무모한 전략은 세워본 적이 없다.

상대의 단점을 날카롭게 분석하고 그 단점을 파고드는 전략을 세워 승리를 해왔기 때문에 사람들은 그를 면도날이라고 불렀다.

하지만, 그로서도 최정상의 테크닉을 가진 마크 브릴랜드를 깨뜨릴 비책을 마련하기 쉽지 않았다.

인간의 한계를 넘어서는 스피드, 그리고 완벽한 방어술과 강력한 공격력까지 겸비한 마크 브릴랜드는 괴물로까지 보였다.

더욱 그를 힘들게 만든 것은 놈이 인파이터가 아니라 아웃복서라는 점이었다.

비록 사람들에게 파이터로서 인기는 덜 했지만 마크 브릴랜드는 상대하기 가장 어렵다는 아웃복싱의 마술사였다.

"무슨 전략이 이따위가 다 있어. 너 그동안 놀았냐?"

"관장님, 제 눈 보세요. 이게 놀다 온 눈으로 보입니까!"

"환장하겠네. 그래도 그렇지, 이건 뭐 무조건 돌진하라는 거잖아. 넌 이게 말이 된다고 생각하냐?"

"저도 답답해서 미치겠다고요."

"카터는 어디 갔어?"

"도망갔습니다. 자기 할 일은 다했다고 내빼더군요."

"이것들이 진짜. 일하다 말고 도망가는 놈이 어디 있냐. 왜 도망갔는데?"

"저보고 설명해 주라고 하면서 갔어요. 이유는 애가 아프다는 건데 아무래도 쪽팔려서 튄 것 같아요."

"허어……."

윤성호가 기가 막힌 듯 한숨을 길게 흘려냈다.

정말 어이가 없는 일이었다.

제프 카터와 이성일이 놀지 않았다는 건 앞에 잔뜩 놓여 있는 자료만 가지고도 충분히 알 수 있었다.

두 사람은 마크 브릴랜드의 펀치 패턴과 방어할 때 스텝의 움직임, 심지어 펀치의 숫자와 펀치가 나올 때의 특성까지 전부 분석해 놨는데 거의 책으로 한 권이 될 정도였다.

잠시의 침묵.

하지만 그 침묵은 오래 가지 않았다.

그동안 잠자코 듣기만 하던 최강철이 입을 열었기 때문이다.

"확실히 좋아졌구만. 예전 세계 선수권대회 때보다 훨씬 좋아졌어. 스피드는 더 빨라진 것 같고 펀치도 더 예리해졌어. 방어 기술도 완벽해."

"야, 너 지금 저놈 칭찬할 때냐? 너 코치 기죽일 일 있어?"

"관장님, 왜 나한테 신경질을 내세요? 성일이 저놈을 죽이세요. 저 자식, 밥값을 못 하니까 이 기회에 잘라 버립시다."

"쩝, 밥 이야기 하니까 배고프네."

"아이고, 이 화상들아. 니들 둘 다 죽어볼래!"

동문서답을 하는 최강철과 이성일을 향해 윤성호가 소리를 빽 질렀다.

이 자식들은 도대체 긴장하고는 거리가 먼 놈들인 것 같았다.

최강철이 다시 나선 것은 윤성호가 답답하다는 듯 서류를 들썩이며 뭔가를 중얼거릴 때였다.

"관장님, 이왕 이렇게 된 거 성일이 작전대로 갑시다."

"말도 안 되는 소리 하지 마."

"기억 안 나세요?"

"무슨 기억?"

"제가 놈을 쓰러뜨렸을 때 어떻게 했는지 직접 보셨잖아요. 그때 저는 놈을 계속 따라다니며 괴롭혔어요. 안 그래요?"

"그건 12온스 글러브였기 때문에 가능했던 거야. 지금 그랬다가 잘못하면 죽어!"

"브릴랜드가 엄청 진화했다고 생각하시죠?"

"진화 정도가 아니다. 꼭 미친놈처럼 변했어."

"저는 어떻습니까. 관장님이 봤을 때 저는 어떤 것 같습니까?"

"그야……."

"저놈이 예전보다 진화했지만 나도 달라졌어요. 사람들이 나를 허리케인이라고 부릅니다. 왜 나를 허리케인으로 부르는지 아시잖아요. 어떤 놈도 날려 버리기 때문에 허리케인이라 불리는 겁니다. 이번 경기 성일이 작전대로 해요. 우리 이번 경기에서 진정한 허리케인을 사람들에게 보여줍시다."

*　　　　　*　　　　　*

한국은 올림픽의 열기에 사로잡혔다.

정부에서 적극적으로 국민들을 독려하기도 했지만 각 종목에서 세계적인 선수들이 모두 출전하는 스포츠의 축제는 사람들의 관심을 끌어모으기에 충분했다.

더군다나 금메달을 12개나 따며 세계 4위의 성적을 기록할 만큼 선수들이 선전했기 때문에 한국은 올림픽 기간 동안 열광을 멈추지 않았다.

하지만 그 열광은 10월 2일 올림픽이 끝나면서부터 서서히 새로운 열광으로 변하기 시작했다.

바로 최강철의 경기가 한 달 앞으로 다가왔기 때문이었다.

MBC의 스포츠 담당 국장 윤길현이 인상을 박박 쓰면서 이창래를 부른 것은 올림픽이 끝나고 3일이 지났을 때였다.

"국장님, 무슨 일이십니까?"

"씨발, 이 부장, 큰일 났다."

"왜요, 전쟁 났습니까?"

"KBS 이 새끼들이 미국으로 날아갔단다."

"그게 무슨 말씀이세요. 혹시……."

"그래, 그 혹시야."

"아, 이 동업자 정신도 없는 새끼들. 올림픽 때도 좋은 건 지들이 다 해 처먹더니 공영방송이란 놈들이 이렇게 뒤통수를 친단 말입니까?"

"그쪽 국장 놈하고 얘기를 해봤는데 이번에는 자기들이 해야겠단다. 그동안 전부 우리가 해 먹었으니 이번에는 양보하래."

"해 먹긴 뭘 해 먹어요. 언제 지들이 숟가락이나 올린 적이 있답니까? 우리가 그동안 얼마나 힘들게 중계를 했는데 그런 소릴 해요. 체육부에서 허가를 안 해주는 바람에 국민들 도움까지 받으면서 중계했다고요. 그걸 아는 놈들이 그런 소리를 한답니까!"

"이 자식아, 왜 나한테 소릴 지르고 그래. 나도 열받아 죽겠는데."

"그래서 어쩌기로 하셨는데요?"

"절대 안 된다고 했어. 양보할 걸 양보해야지. 사장님한테 보고했더니 무조건 물어 오래."

"양쪽이 덤비면 그 새끼들 돈을 올릴 텐데요."

"시간 없으니까 네가 날아가 봐. 가서 어떻게 하든 우리가 중계할 수 있도록 따내. 얼마가 들어가든 상관없다. 최강철의 경기는 무슨 수를 쓰든 우리 MBC가 중계해야 해. 알았어?"

"그거야. 당연하죠. 맡겨주십시오. 못 따면 한강 물에 빠져 죽겠습니다."

"죽지는 마라. 가서 중계방송 따 오라고 했지 누가 죽으래? 갈 때 김도환이 데려가. 너랑 친하지?"

"친하죠. 그렇지 않아도 그러려고 했습니다."

"출장비 끊고 지금 당장 출발해. 김도환이 경비까지 신청
해. 내가 처리해 줄 테니까."

"알겠습니다."

*　　　　*　　　　*

마크 브릴랜드는 거친 숨을 헐떡거리며 타이어를 끌고 달렸
다.

이 경기의 승패는 테크닉이나 방어 능력이 아니라 체력이라
는 결론을 기술 분석가들이 내렸기 때문에 그는 3개월 동안
수석 코치인 마일스와 함께 체력 강화 훈련을 지독하게 해왔
다.

밥 애런이 보내온 기술 분석가들은 최강철의 불꽃같은 연
타 능력보다 프레디 아두와의 경기에서 보여주었던 체력에 더
우려를 나타냈던 것이다.

전문가들은 최강철이 연속 KO승을 거두면서 6라운드 이상
뛰어본 경험이 없다는 것을 이유로 장기전을 펼쳤을 때 유리
할 거란 생각을 했지만 밥 애런이 보내온 청부사들은 그런 생
각에 동의하지 않았다.

그들의 공통적인 생각은 마크 브릴랜드가 체력에서만 밀리

지 않으면 충분히 해볼 만하다는 것이었다.

그들 역시 두 선수의 장단점을 비교하면서 최강철이 들고 나올 전략을 예상했는데 그건 바로 이성일이 주장했던 난타전이었다.

다른 방법은 없다.

최강철이 이길 수 있는 방법은 오직 돌진해서 마크 브릴랜드의 다리를 만든 후 난타전을 통해 쓰러뜨리는 것뿐이라는 게 그들의 판단이었다.

그랬기에 그들이 주문한 것은 12라운드를 풀로 뛸 수 있는 체력과 최강철의 접근을 막기 위한 견제 펀치를 다양하게 준비하는 것이었다.

30㎏ 타이어를 끌고 5㎞를 달린 마크 브릴랜드가 땅바닥에 쓰러지자 마일스가 다가와 물병을 내밀었다.

그 역시 숨을 헐떡거리고 있었다. 비록 마크 브릴랜드처럼 타이어는 매달지 않았지만 옆에서 보조를 맞추며 뛰었기 때문에 지친 모습이었다.

"수고했다, 마크. 난 네가 이렇게 열심히 훈련하는 건 처음 본다."

"나는 두 번 다시 지지 않을 겁니다."

"너는 천재다. 거기다 이 정도로 훈련했으니 누가 너를 이길 수 있겠냐. 이제 마무리만 잘하면 돼."

"이기고 싶어요. 코치님한테 말하지 않았지만 그놈한테 지고 난 후 지금까지 한 번도 잊은 적이 없습니다."

"안다, 그 마음. 그래서 나도 네가 싸운다고 했을 때 더 이상 막지 않았던 거다. 가슴속에 상처를 안고 사는 복서는 슬픈 법이거든. 마크, 이 경기에서 우리 그 상처를 깨끗이 씻어내자."

"그럴 겁니다. 나는 그놈을 철저하게 짓밟아서 다시는 헛소리를 하지 못하게 만들 겁니다."

『기적의 환생』 6권에 계속…